昨夜星辰昨夜风

陈漱渝怀人散文

陈漱渝◇著

北方文艺出版社

图书在版编目（CIP）数据

昨夜星辰昨夜风：陈漱渝怀人散文 / 陈漱渝著 . --
哈尔滨：北方文艺出版社，2017.2
ISBN 978-7-5317-3737-7

Ⅰ . ①昨… Ⅱ . ①陈… Ⅲ . ①散文集 – 中国 – 当代
Ⅳ . ① I267

中国版本图书馆 CIP 数据核字（2016）第 317920 号

昨夜星辰昨夜风：陈漱渝怀人散文

Zuoye Xingchen Zuoye Feng Chen Shuyu Huairen Sanwen

作　者 / 陈漱渝

责任编辑 / 王　爽　张雪菲
装帧设计 / 锦色书装

出版发行 / 北方文艺出版社
网　址 / www.bfwy.com
邮　编 / 150080
经　销 / 新华书店
地 址 / 黑龙江现代文化艺术产业园 D 栋 526 室

印　刷 / 北京诚信伟业印刷有限公司
开　本 / 787 × 1092　1/32
字　数 / 127 千
印　张 / 8.5
版　次 / 2017 年 2 月第 1 版
印　次 / 2017 年 2 月第 1 次印刷

书　号 / ISBN 978-7-5317-3737-7
定　价 / 36.00 元

目　录

飘零的落叶

——胡适晚年在海外

台北南港，有一处依天然地形设计的墓园。这里曲径回旋，浓荫蔽日，松柏簇拥，碧草如茵。墓穴内那具用香杉木制成的深紫色的柩木重达一吨，里面平静而安详地长眠着一位中国现代文化史上的风云人物。这个获得 30 余个博士荣衔的人，身穿蓝色长袍和黑马褂，脚着布寿鞋。棺木上，覆盖的是北大校旗。据说，他出丧那天，有 100 余个团体参加公祭，自发送殡者多达 30 万人。不少商店停业，工厂停工，学校停课；从离墓地两公里外开始，沿途居民家家燃香，户户路祭。自 1936 年鲁迅去世之后，没有其他文化人享受过这种殊荣。

回顾他 71 年的生涯，真不知该从哪里说起。在读者的印象中，他并不是用白话文做大众传播工具的第一人，但由于他的倡导，中国文学才开创了一个以白话文为主体的新时代。他并不是第一个用白话文进行创作的人，甚至可以说他缺乏作家应有的禀赋，但他却是中国现代诗歌创作和话剧创作的开山者。他对《红楼梦》的批评实在不算高明，比如他指责这部小说没有一个 PLOT（有头有尾的故事），就毫不符合现代小说非情节化的观念，但他却是“新红学派”的代表人物。因为有了他，《红楼梦》这部作品才多了“著者曹雪芹”这五个字。他崇尚西方，曾将“全盘西化”的口号修正为“充分世界化”，但他反对基督教，批抽象派、印象派，主张将中国传统文化中的“国粹”与“国渣”区别开来。他留居美国二十余年，从未申请“绿卡”，从不以“美国人”自居。他没有大政治家的肩膀和大官僚的脸皮，却执意要以“无党无偏”的姿态做蒋介石和国民党政府的“诤友”“诤臣”；到头来，蒋介石当面批评他“不相信我们政府”。1956 年 12 月，台湾“国防部总政治部”甚至发出“极机密”的“特种指示”，将他斥为“思想上的敌人”。

我绕了偌大弯子才直接点明的这位历史人物就是胡

适。由于他在大陆的情况为人们所熟知，故本文侧重介绍他晚年在海外的情况。

胡适是 1958 年 4 月 8 日从美国飞抵台湾就任中央研究院院长之职的，此前他曾四次到过台湾。

第一次是 1893 年 3 月 2 日至 1895 年 2 月随父母在台湾。其父胡传（字铁花）曾先后出任台南盐务总局提调和台东直隶州知州，因此牙牙学语的胡适曾在台南住了九个月零十一天，在台东住了一年零十八天。这两年的生活给胡适的影响，是使他认识了七百多个方块字，学会了两句台湾话：一句是“呷饭”，即吃饭；另一句是“呷米”，即喝粥。因为在台湾的这一段经历，胡适把台湾视为他的第二故乡，他还自称是“半个台湾人”。

第二次赴台是 1949 年 3 月，胡适在国民党政府撤离大陆前夕接受了蒋介石委派，准备去美国。同月 22 日，他到台湾安置家属，停留了一周，然后回上海，搭威尔逊总统轮赴美。在台湾的胡适纪念馆，保存了一封蒋介石致胡适的密信，他向胡适交代了此行的任务：“此时所缺乏而急需于美者，不在物质，而在其精神与道义之声援。故现时对美外交之重点，应特别注意于其不承认中共政权为第一要务。至于实际援助，则尚在其次也。

对于进行方法，行政与立法两途，不妨同时并进，但仍以行政为正途，且应以此为主务。望先生协助少川大使（按：指顾维钧），多加功夫为盼。”这封密信写于1949年5月28日正午，即上海解放的第二日。

胡适执行此项使命的情况不知其详，我们从有关资料了解到，他曾于同年5月初两次去华盛顿会见美国政界人士，又曾于同年12月9日在“东西协会华盛顿分会”的一次集会上发表讲演：《中国历史上争取自由的奋斗》，鼓吹“西方国家不应贸然承认中共，共产主义同政治自由绝不能相容”。但是，胡适在美国的上述活动处处碰壁，使他精神上感到十分苦闷。

胡适在美国寓居在纽约东81街104号。这是他在辞去驻美大使职务后租赁的一所破烂公寓。这种流亡的寓公生活，几乎使他的经济情况和健康情况陷入绝境。他那位不识字的小脚太太只会夜以继日地打牌。为了避免坐吃山空，这位“五四”新文化运动中叱咤风云的人物只好应普林斯顿大学之聘，在葛斯德东方图书馆做了一名管理中文图书的小职员。他常手捧纸袋到自选市场采购食物，也常在电车上被挤得东倒西歪。

在胡适生命中这段最灰暗的日子里，中国共产党对他进行了第一次争取工作。1949 年 4 月 29 日，即胡适抵达纽约后的第三天，胡适的老友、著名史学家陈垣给他写了一封公开信，“很诚挚地”劝告胡适“正视现实”“翻然觉悟”“回到新青年的行列中来”，批判“过去所有的学识，拿来为广大的人民服务”。这封信始刊于 5 月 11 日的《人民日报》，后被香港左派报纸转载，又被译成英文在海外散发。

然而，陈垣的规劝未能改变胡适的立场。1950 年 1 月 9 日，胡适作《跋所谓〈陈垣给胡适的一封公开信〉》，刊登于《自由中国》第 2 卷第 3 期。他从文字方面分析，断言此信百分之一百是别人用陈垣的姓名假造的；又从内容方面分析，找到了一处错漏——将胡适给陈垣写信的日期误为陈垣收信的日期。

“从来不写白话文”的陈垣发表的这封白话书信是否经由他人代笔或润饰，局外人难以准确判断。不过信中表述的一些感受和观点，看来的确反映了陈垣老先生当时的一些真实的思想状况，发表前也不可能不征求他本人的同意。这从陈垣 1948 年底拒绝飞离北京以及 1959 年加入中国共产党的政治表现可以得到间接印证。陈垣致胡适的这封信并非一封单纯的私人信札。它之所以得以在中共中央的机关报《人民日报》全文发表，显然反映了中国共产党对胡适以及胡适类型的知识分子的统战意向。

胡适第三次台湾之旅是从 1952 年 11 月 19 日至 1953 年 1 月 17 日。此次旅台，是应台湾大学及台湾师范学院之邀讲学，主要内容为“治学方法”“杜威哲学”；此外，他还就时事政治问题发表了一些谈话。这些讲词，后由《自由中国》杂志社编辑成《胡适言论集》，由华国出版社出版。全书分为上、下两编，上编为《学术及治学之部》，下编为《时事问题及其他》。

讲演之余，胡适凭吊了他儿时在台湾的旧居。1952 年 12 月 26 日，胡适参观了台南市中区永福路北段的永福国民学校。校内有一座做仓库用的朴陋的老楼，是原台南“巡道署”的唯一遗址，还不到两岁的胡适就是住在这座楼房的附近。参观照相之后，胡适还手植了一棵榕树，并书写了“维桑与梓，必恭敬止”及“游子归来”等题词。次日，他又到台东重温了他儿时那模糊的旧梦。胡适在台东的故居在卑南乡槟榔村阿里摆蕃社，但他儿时的住所已变成荒丘。在台东忠烈祠前，胡适又手植了两株樟树。

胡适第四次台湾之旅是从1954年2月18日至4月5日。当时台湾要召开“国民大会第二次会议”，改选“总统”“副总统”。蒋介石假意推荐胡适为总统候选人。胡适表示，他是个有心脏病达15年历史的人，连人寿保险公司都不愿意保他的寿险，怎能挑得起“总统”这副担子？当有人问他如果真被提名甚至当选时将怎么办，胡适答复道：“如有人提名，我一定否认；如果当选，我宣布无效。我是个自由主义者，我当然有不当总统的自由。”（台湾《中央日报》1954年2月19日）但是，胡适却拥戴蒋介石任“总统”，并亲自把“总统当选证书”送到蒋介石手上。胡适此次在台北住了46天半。返回美国前，他在机场答记者问，期望在台湾实行“无条件的自由”。

胡适鼓吹“无条件的自由”的理由是：“无条件的自由权利并没有多大危险。对人民自由的保障，宁可失之于周全。政府是有权力的，一个公民是无权力的；政府是万能的，一个公民的力量是有限的。一个无权无告的小民对有权万能的政府，人民多得一点保障是没有大危险的。人民的权利最容易为有力量的政府所侵犯，所以对人民的保障宁可是无条件的周全。”（《美国的民主政治》，《大陆杂志》第 8 卷第 6 期，1954 年 3 月 31 日）然而，人类社会只要存在阶级和阶级矛盾，只要存在不同利益的集团或阶层，实现“无条件自由”就是一件不可思议的事情。胡适在同一篇文章中也不能不承认，美国人的自由“有时也要受某种的限制，那就是各州的‘警察权’，因为警察权是宪法保留给各州的”。

1954 年秋冬之季，胡适在海外面临了两面夹击的处境。同年 10 月 16 日，毛泽东就《红楼梦》研究问题给中国共产党中央政治局委员及有关人员致函，号召开展“反对在古典文学领域毒害青年三十余年的胡适派资产阶级唯心论的斗争”。同年 12 月 28 日，《自由中国》半月刊的实际负责人雷震因屡次触国民党当局之忌，被蒋介石开除了党籍。胡适是雷震的好友，又是《自由中国》的得力支持者和名义发行人。胡适不仅参与了为该刊定名，而且该刊每期都刊登的“宗旨四条”就是胡适 1949 年 4 月由上海赴美国途中在船上写的。胡适支持该刊的初衷，可以说完全是为了反共：把大陆的政治描绘成“铁幕恐怖”下一切自由都被剥夺殆尽的“极权政治”，而把台湾国民党政权作为“民主与自由”的象征。但从 1951 年 6 月开始，这一刊物却因干预台湾的政治和经济而处于逆境。1952年夏，《自由中国》刊登过一篇题为《政府不可诱民入罪》的社论，揭露台湾政府机关或机关人员为牟取破案奖金而事先设计，诱民入罪。文章刊出后，台湾军政当局下达了逮捕《自由中国》编辑人员的公文，因被省主席兼保安司令吴国桢扣押，未能执行。当时，胡适对这篇社论表示了百分之一百的赞成，并对“军事机关”干涉言论自由表示抗议，认为“这是台湾政治的最大耻辱”。所以国民党当局此次对雷震的处置也是对胡适的一种间接警告。

1955年4月，胡适在《自由中国》第12卷第7期发表了一篇读书札记：《“宁鸣而死，不默而生”：九百年前范仲淹争自由的名言》。文中摘抄了宋朝范仲淹《灵乌赋》的一大段原文：

> 知我者谓吉之先，不知我者谓凶之类。故告之则反灾于身，不告之则稔祸于人。主恩或忘，我怀靡臧。虽死而告，为凶之防。

胡适转引这篇赋，显然是想以托庇于主人常想报恩的乌鸦自比，向蒋介石表明心迹。上面几句引文的大意是："知我者说我是想逢凶化吉，不知我者骂我是不祥的动物。报告了主人，我自身常遭他痛恨而受害；不报告呢，主人就会因疏于预防或驱避而遭殃。但是主人之恩不可忘，所以我虽冒死也必向他报告，庶几他可预防。"

然而，自由主义不仅是跟马克思主义不相容的，而且它又反对极权政治，因此，跟封建法西斯主义也是格格不入的。尽管胡适再三向蒋介石政权表达他愿做"诤臣""诤友"的愿望，但仍无法改变他"忠而获咎"的厄运。这一时期，胡适在美国深居简出，跟美国的汉学家也很少交往。1955年12月19日，他在致友人赵元任的信中说："我这几年所以故意不教书，也不热心向人要教书讲演的机会，实在是因为一种避嫌的心理。一面是许多所谓'汉学''支那学'家总有点怕我们打入他们的圈子里去。一面是这种人在政治上又往往是'前进'分子，气味也不合，所以我总有点神经过敏的感觉，觉得还是'敬而远之'为上策，切不可同他们抢饭吃。"

在居美赋闲的日子里，胡适对《水经注》进行了不厌其烦的考证，又为他的友人丁文江撰写了一部12万字的传记。对于大陆批判胡适思想的文章，他通过多种渠道收集来逐篇阅读，看了不止200万字的资料。胡适想解开一个“大谜”：三十多年之中，他从没有发表过一篇批评或批判马克思主义的文章，为什么会成为中国马克思主义和社会主义思想的最早的、最坚决的、最不可调和的敌人？他想撰写一篇题为《清算胡适思想的历史意义》的文章，解开这个“大谜”，不料写下去他才明白这个问题很不简单，所以这篇文章他至死也没有写成，只留下了一些残稿。

在这里需要特别提到的是，就在中国大陆开展批判胡适思想运动的同时，中国共产党的主要领导人仍然没有放弃争取胡适的工作。出面规劝胡适的有两个人：一位是因主编《涛声周刊》而被称为“乌鸦文人”的曹聚仁，另一位是胡适的老友周鲠生。

1956年，曹聚仁以新加坡《南洋商报》记者和新加坡工商考察团记者的双重身份回到阔别六年的中国大陆，在北京受到了毛泽东的单独接见。回到香港后，他以自由主义者的身份给胡适写了一封信，介绍他在北京拜访老文化人张东荪、周作人、梁漱溟的情况，动员胡适也回大陆看看，并表示他愿意陪胡适巡行各地。信中说：

适之先生：

我上回到北京去，朋友们抛给我的问题，其中有关于胡适思想的批判，以及胡适著作被焚被禁的实情。我所看到的实情，和所获得的结论是这样：批判胡适思想是一件事，胡适的著作并未被焚被禁，又是一件事。我在北京、上海的书店，找到你所著的各种书，各种版本都有。朋友们藏有你的著作，也不会引起别人的注意。海外那些神经过敏的传说是不值一笑的。

先生是实验主义者，我从《独立评论》上读到你写给张慰慈先生的信。这封信，我可以照样抄一份给你，当作我今日写给你的信。只要把“苏俄”换上“北京”或“中共”二字就行了。今日之事，也正如先生所说的：“许多少年人的盲从固然不好，然而许多学者的武断也是不好的。”先生正该组织一个北京考察团，邀一班政治经济学者及教育家同去作一较长期的考察。我相信先生是实验主义者的大师，不容你否认这种政治试验的正当，更不容你以耳为目，附和传统的见解与狭窄的成见的。

今日在海外的文化人，就缺少一种到北京去看看中共的政治措施的勇气；先生乃是新文化运动的倡导人，喊过“自古成功在尝试”的口号，那应该和流俗有所不同，面对现实，决不可随便信任感情与成见吧！

曹聚仁的这封信，当然再次反映出中共对胡适的统战态度，甚至可能出于毛泽东的直接委托。因为没有中国大陆有关机构的首肯，曹聚仁个人是决不可能邀请胡适回大陆的。但是，胡适在此信的信封上批了“不作复”三个字，并派人将此信转交了台湾司法行政部调查局，作为“匪情”研究的资料。

1956年9月16日，周鲠生先生到瑞士参加“世界联合国同志大会”后，又应“英国联合国同志会”之邀赴伦敦访问。在这里，他会见了创办《现代评论》时期的老友陈源，在无第三者在场的情况下畅谈了三个小时。周鲠生除规劝陈源回大陆之外，还动员胡适也回大陆看看。陈源于9月20日给胡适致函，原原本本转达了周鲠生的上述意见。信中写道：

我说起大陆上许多朋友的自我批判及七八本“胡适批判”。他说有一时期自我批判甚为风行，现在已过去了。

对于你，是对你的思想，并不是对你个人。你如回去，一定还是受到欢迎。我说你如回去看看，还能出来吗？他说“绝对没有问题”。

他要我转告你，劝你多做学术方面的工作，不必谈政治。他说应放眼看看世界上的实在情形，不要将眼光拘于一地。

周鲠生先生是知名的国际法学者，1921 年任商务印书馆总编辑，翌年任北京大学教授兼政治系主任，是胡适的同事和文友。他们共同的友人除陈源外，还有王世杰、杨端六等。1949 年之后，周鲠生先生完成了《现代英美国际法的思想动向》和《国际法》两部专著，深受毛泽东和周恩来的重视，被聘为外交部顾问兼外交学会副会长，参与了一系列重要的外交决策。据说，某些重要的外交文件，非经周鲠生先生提意见，周恩来是不批发的。

就在会见陈源的同年，周鲠生参加了中国共产党。

依据当时的外事纪律，他跟陈源的接触事先必须经过请示，事后也必须进行汇报。周鲠生保证胡适可以在大陆来去自由，当然也不会是他个人的轻率承诺。一年之中连续两次争取胡适，表明中国大陆 1956 年的政治气候的确是早春艳阳的天气。不过，胡适对此仍表疑惧。他在陈源信中“对于你，是对你的思想，并不是对你个人”这句话的下面画了线，并写了一句旁批：“除了思想之外，什么是‘我’？”

跟对曹聚仁来信的态度不同，胡适未将老友陈源的这封信交给台湾的调查局，而是收藏起来，直到他百年诞辰纪念日才作为文物在台北公开展出。

中国大陆 1956 年积极贯彻“双百方针”的新形势，使胡适更加希望台湾实行“彻底的言论自由”，以突显台湾跟大陆的不同。但是，胡适这种一厢情愿的想法使他又触一次霉头。

这年 10 月 30 日，是蒋介石七十寿辰。10 月 19 日，台湾立法委员胡健中给胡适拍来一份电报，要他赶写一篇短文，依据蒋介石“婉辞祝寿，提示问题，虚怀纳言”的意思，“坦直发表意见”。因为时间迫近，胡适赶写了一篇《述艾森豪（即艾森豪威尔）总统的两个故事给蒋“总统”祝寿》，刊登于《自由中国》第15卷第9期为蒋介石祝寿专号。故事之一，是艾森豪威尔就任哥伦比亚大学校长之后，取消了接见63位分院院长和联合学部主任的计划，因为第二次世界大战期间他担任同盟国联军统帅时，也只接见三位受他直接指示的将领。第二个故事，是说艾森豪威尔对一件公文无法决断，便在同意和否决两份拟批件上都签了名，让副总统尼克松替他挑选一份。胡适讲这两个故事的目的，是奉劝蒋介石学艾森豪威尔的榜样，试试《吕氏春秋》中说的“无智、无能、无为”的六字诀：“无智，故能使众智也；无能，故能使众能也；无为，故能使众为也。”这期“祝寿专号”刊登的其他文章，也是希望蒋介石守法守宪，节制自我，更有效地保障言论自由。刊物发行后，引起广泛反响，印行至九版之多。

但是，胡适等人的谏言大触蒋家父子的忌讳。国民党御用报刊《国魂》《幼狮》《革命思想》《军友报》《政治周刊》等刊出大量文字，指责《自由中国》搞“思想走私”“为共党的统战工作铺路”。《中华日报》把《自由中国》的文章比喻成毒蛇嘴里的玫瑰，《中央日报》拒绝刊登《自由中国》的广告，蒋经国控制的“国防部总政治部”发出“极机密的特字第99号《特种指示》”，宣称《自由中国》“企图不良，别有用心；假借民主自由的招牌，发出反对主义、反对政府、反对本党的歪曲论调”，是“毒素思想”。1957年1月，该部又印发了《向毒素思想总攻击》的小册子，说胡适要蒋介石奉行“六字诀”是“荒谬绝伦的言论”，“名为自由主义，实际却是共匪的帮凶”。这本小册子认为胡适的政治主张“完全近乎一种天真的妄想”，目的在于“好叫人们尊崇他为自由主义的大师”。胡适的这一境遇，跟他20世纪30年代因提倡“人权”“约法”反被国民党警告以至被迫辞去中国公学校长之职一样。

1957年秋，主持“中央研究院”达18年之久的朱家骅执意辞职，胡适被公推为院长候选人。11月4日，蒋介石批准了朱家骅的辞呈，任命胡适接任院长之职。胡适以正患肺炎为由恳辞，未能获准；但允许在胡适调养期间由考古学家李济代理院务。这时，台湾各方函电劝请胡适允就的很多，胡适也逐渐产生了回台湾久居的想法。他打算利用“中研院”史语所的藏书，完成《白话文学史》和《中国哲学史大纲》这两部著作下卷的撰写工作，同时也想在台湾继续宣传他的政治主张。1957

年7月26日，他在致友人赵元任的信中曾经透露过这种意图："你大概不知道，或者不很知道，这大半年来所谓'围剿'《自由中国》半月刊的事件。其中受'围剿'的一个人，就是我。所以我当初决定要回去，实在是为此（至少这是我不能不回去的一个理由）。我的看法是，我有一个责任，可能留在国内比留在国外更重要——可能留在国内或者可以使人'take me more seriously'。"

然而，就在胡适就任"中央研究院"院长的当天，他跟蒋介石发生了一次正面冲突。

1958年4月10日，胡适的就职典礼在台北南港"中央研究院"考古馆楼上举行，典礼结束后，接着举行第三次院士会议的开幕式。这时，蒋介石和"副总统"陈诚都到了，蒋介石在"训辞"中赞扬胡适"个人之高尚品德"，并号召"发扬'明礼义，知廉耻'之道德力量"。胡适当面反驳了蒋介石的这一提法。他说："刚才总统对我个人的看法不免有点错误，至少，总统夸奖我的话是错误的。我们的任务，还不只是讲公德私德，所谓忠信孝悌礼义廉耻，这不是中国文化所独有的，所有一切高等文化，一切宗教，一切伦理学说，都是人类共同有的。总统年岁大了，他说话的分量不免过重了一点，我们要体谅他。我个人认为，我们学术界和“中央研究院”应做的工作，还是在学术上。我们要提倡学术。”（根据胡适秘书王志维跟笔者的谈话和胡适秘书胡颂平当时的记录）胡适侃侃而谈时，蒋介石已怫然变色，其他听众也一个个目瞪口呆。事后，有朋友规劝胡适，认为他当时的态度有些过分。胡不接受，后来也没有机会就此事跟蒋开诚布公地谈谈。

胡适参加完“中研院”院长就职典礼之后，再度赴美处理私人事务，然后于同年11月5日回台北定居，住进“中研院”特别为他修建的院长住宅。早在1956年，胡适就有在南港盖两间小房的想法。蒋介石得知后，曾表示愿将他的《苏联在中国》一书的版税拨给胡适盖房。1957年冬，因胡适已应允出任“中研院”院长，台湾“行政院”便给“中研院”追加了20万元预算，作为建筑费用。这座住宅约占地50坪（165平方米），包括书房一间，客房一间，卧室两间，客厅连餐厅各一间。此外，还有厨房、配餐厅及工友住的小房间。1957年2月初破土，4月底落成。胡适对这座房子有三点不满意：一、书房是格子窗，像监狱一样；二、潮湿，东西易发霉；三、昏暗，白天也需要开灯。

胡适在南港的生活比较有规律，他每天早八时许起床，在洗手间待的时间很长——洗手间里总摆一两本书。早餐一碗粥，一杯桔子水，两碟咸菜，烤面包，刮上人造黄油或果酱。边吃饭边看报，有时安排朋友聊天。饭后如无公务，就一卷在手，神游其间。中午四盘菜。医生嘱他不吃肉，少吃油，但他偏爱吃红烧肉里的肥肉。午饭后休息半小时。有三天下午看书、写作，另三天下午安排应酬。晚餐基本上都做一条鱼——医生建议他多吃鱼。友人建议他晚饭后三千步。但胡适几乎没有散过一千步，有时刚走几步，就借口说“冷了，冷了”，赶快回家继续工作。他说，治学要有兔子的天才，加上乌龟的功力——这就是他读书写作不辍的原因。星期天客人不断，来者不拒。有时也留两三人吃饭，在日常菜谱外另加一份炒鸡蛋。由于胡太太不在身边，胡适的日常事务由王志维、胡颂平两位秘书照顾，另外还配有厨师、司机等。胡适有台小收音机，但他很少听广播。他可以说没有娱乐，写文章就是他的娱乐。

南港的生活本应是宁静的，胡适也说过，“当国家多事之秋，说话太多是不聪明的”。但他仍改不了好说话的积习，因此他跟蒋政权的冲突有增无已——他把这种冲突概括为“自由”与“不自由”的斗争，“容忍”与“不容忍”的斗争。

1959年2月底，台北市启明书店董事沈志明及其夫人、书店经理应文婵被警备总司令部以叛乱罪拘押，“犯罪”事实有两项：一、1950年2月，香港出版的《长征二万五千里》（即《西行漫记》）译本印有香港启明书局发行字样；二、1958年1月，台湾启明书局出版了冯沅君的《中国文学史》，其中最末三页提到“无产阶级的文学”。为此，胡适给“行政院”正、副院长陈诚、王云五致函，指出十年前香港启明书局发行之书，不应归罪于台北的启明书局。至于冯沅君著作中涉及“无产阶级的文学”，此不过是“二十年前的文人学当时的时髦风气，何必在今日认为‘叛乱’罪的证据？”“起诉书中有‘渲染自由主义文学’一语，试问‘渲染自由主义文学’何以构成‘叛乱’罪名？此系根据哪一条法令？”胡适认为，“书籍之事，文艺之事，都不应由军法机关管理”。胡适的一再抗议惊动了蒋介石和宋美龄。他们都推说自己不知道，“是下面的人办的”，沈志明夫妇方得交保获释。事后，沈志明对胡适表示谢意。胡适说：“我没帮你什么忙。我不是对你一个人的问题，我是为人权说话。”

几乎在沈志明案的同时，台北地方法庭为《自由中国》第20卷第2期上刊登《革命军人何为以“狗”自居》一文传讯雷震。这篇文章是同年1月16日刊出的，作者署名“陈怀琪”，内容是揭露国民党军内办三民主义讲习班，训导主任借戴笠的故事，要求军人以领袖的走狗自居，如果有人攻击领袖，大家就毫不客气地咬他一口。文章刊出后，台湾陆军工兵基地勤务处制造厂有一位同名同姓的中校行政课长陈怀琪，发布新闻，刊登广告，指责《自由中国》冒用名义，虚构事实，“诋毁国家元首，动摇反共抗俄领导中心，诬蔑革命军人”，酿成轰动一时的“陈怀琪事件”。

针对这一事件，胡适一方面建议《自由中国》改善编辑方法，今后不再发表不署真姓名的文章；另一方面撰写了《容忍与自由》一文，在同年3月16日出版的《自由中国》第20卷第6期上刊登。他在文中写道：“在宗教自由史上，在思想自由史上，在政治自由史上，我们都可以看见容忍的态度是最难得、最稀有的态度。人类的习惯总是喜同而恶异的，总不喜欢和自己不同的信仰、思想、行为。这就是不容忍的根源……一切对异端的迫害，一切对‘异己’的摧残，一切宗教自由的禁止，一切思想言论的被压迫，都是由于这一点深信自己是不会错的心理。因为深信自己是不会错的，所以不能容忍任何和自己不同的思想信仰了。”胡适这篇文章在台湾舆论界引起不同的反响。殷海光在《自由中国》第 20 卷第 7 期发表《胡适论容忍与自由读后》，认为“这篇文章是近 40 年来中国思想史上的一个伟大的文献”。而青年党的朱文伯在《联合报》上连载题为《凤凰与乌鸦》的长文，认为舆论是要讲求是非的，如果大家先有实验主义者所谓“世间无绝对真理”的想法，先存有一个“善未易明，理未易察”的成见，大家何必求知呢？何必写文章谈问题呢？

同年 6 月，胡适呼吁“立法院”迅速修改著作权法。台湾的出版法是 1952 年公布的，其后又有施行细则，限制言论自由，阻挠新报刊出版。胡适对此早有不满。加之台湾出版商翻版盗印成风，严重损害了著作人的正当权益。比如胡适所著的《四十自述》《胡适文选》等都被翻印。胡适对此十分气愤。他说：“我国作家稿费版税收入低微，生活清苦，好容易绞尽脑汁，呕尽心血，产生一部创作，却被别人轻而易举地非法翻版，这简直与扼杀著作人的生命无异。”他一方面要求修改著作权法，另一方面建议组织一个保障著作权的机构。

1960年3月，又轮到六年一次的“总统”选举。当时蒋介石已73岁，陈诚也重病缠身，蒋已连任一次，如再连任，显系违背台湾“宪法”。然而，面对退留问题，独裁者蒋介石做出了继续前台执政的抉择。他阿Q精神十足地对下属说：“我要带你们打回大陆去。”

胡适对蒋介石恋栈的表现极为不满。早在1959年11月15日，他就请张群转告蒋介石，他盼望蒋介石公开宣布不做第三任“总统”，树立一个“合法的、和平的”转移政权的风范。他奉劝国民党不要再玩弄“劝进”的花招。“这种方式，对蒋先生是一种侮辱，对国民党是一种侮辱，对我们老百姓是一种侮辱。”（见胡适当天日记）1960年2月14日，陈诚来访，劝胡适承认蒋介石将第三次连任“总统”的事实。胡适说：“我还是抱万分之一的希望，希望能有转机。”同年3月11日，胡适的上述希望又一次化作了泡影。“第一届国民大会第三次会议第六次大会”修改了《动员戡乱时期临时条款》，其中规定：“行宪首任总统，不受宪法第47条连任一次之限制，连选得连任。”这就是说，蒋介石不仅可以第三次连任“总统”，就连担任“终身总统”也都

“合法化”了。

跟胡适的态度一样，《自由中国》也以“历史毁誉”“宪政精神”等为由，撰文反对蒋介石连任，并在“国民大会”召开前向蒋介石作“最后的衷告”。由于反蒋连任失败，雷震等人与在野党和无党派人士合作，酝酿筹组新党——“中国民主党”，并拥戴胡适为党魁。据雷震回忆，胡适对他们组织在野党是赞成的。他希望在野党强大，能够发挥制衡作用，以和平的方法，争取选民的支持，使政治发生新陈代谢。胡适不但答应参加他们的组织，在成立大会上讲演捧场，而且就连“中国民主党”也是由胡适命名的。（《雷震日记》，第328—329页）。但胡适拒绝担任在野党的领导，并在私下多次劝告雷震略作约束。他对雷震说：“你说的话，我自己说的话，都会记在我的账上。你不知道吧？‘杀君马者道旁儿’。人家都称赞这头马跑得快，你更得意，你更拼命地加鞭，拼命地跑，结果，这头马一定要跑死了。现在你以为《自由中国》出了七版、八版，你很高兴，这都是你的灾害！”

胡适的这番话不幸言中。1960年9月4日，台湾警备司令部以“涉嫌叛乱”罪逮捕了《自由中国》杂志社负责人雷震，以及编辑刘子英、马之骕、傅正等人。军事法庭以“煽动叛乱罪”判处雷震有期徒刑十年，剥夺公民权七年；马之骕有期徒刑五年，傅正感化教育三年。国民党当局还散布谣言，说“中共驻港的工作人员暗中支持台湾的新党活动”（江南：《蒋经国传》，第364页），“副总统”陈诚也说什么“现被拘执之四人中，已有一人承认受匪指使来台活动，雷至少有知情包庇之嫌”。由于台湾政府的强力镇压，筹组中的“中国民主党”胎死腹中。

雷震等人被捕时，胡适正在美国出席“中美学术合作会议”和中华教育文化基金董事会会议。他在新闻广播中听到这一消息，感到极为震惊。他在接受美联社电话采访时，赞扬雷震“是一位最爱国的人士”，《自由中国》“一直是台湾新闻自由的象征”。他还两次复陈诚电，指出台湾当局摧残异己，无异于昭告世人台湾全岛今日仍是戒严区。此举不甚明智，恐将腾笑世界。当他得知友人准备年底为他做寿时，断然表示：“我今年决不做七十生日。这个年头，哪有过生日的兴趣？”

10月22日，胡适由美国经日本飞返台湾，当日即接见记者，表示愿为雷震出庭作证。他说：“我不是营救雷震，我营救的乃是国家。”11 月 18 日，经“总统府”秘书长张群安排，胡适会见了蒋介石。张群为了避免他们长谈，特意把时间订在上午 11 点半，即午饭前半小时。张群还在事前叮嘱胡适，会见时只谈赴美参加学术合作会议情况，不要提及雷震案件。胡适以前会见蒋介石，都是单独交谈。但这次会见气氛紧张，在蒋介石身后，站着两个杀气腾腾的便衣保镖。不料谈话不久，蒋介石首先说：“我们谈谈政治吧？”胡适问：“谈国内的呢，还是谈国外的呢？”蒋说：“国内国外都谈吧。”因此谈起了雷案。胡适激动地说：“雷案十月七日晚（美国的时间）宣判之后，美国各报八日早晨都登出了。八九两日我都不敢见人，公共场所都不敢去。十日这一天，我躲在乡下朋友家里。”蒋介石辩解说：“我对言论自由，放得很宽；但是匪谍，是要法办的。我也晓得这个案子会在国外发生不利的反响。但一个国家有它的自由，有它的自主权，我们不能不照法律办。”胡适说：“军法审判的日子（十月三日）是十月一日才宣告的，被告律师只有一天半的时间可以查卷，可以调查事实材料。十月三日开庭，这样重大的案子，只开了八个半钟头的庭，就宣告终结了，就定了八日宣判。这是什么审判！”胡适在这次谈话中，还向蒋介石表示，希望“国防部”的复判不可草率（参阅胡适当天日记）。但是，“国防部”的复判仍处雷震十年徒刑，胡适再次受挫之后，向记者发表了六个字的感想：“大失望，大失望。”此后，他又跟友人为争取特赦雷震而努力，仍无结果。1961年7月26日，雷震65岁生日。大病了56天的胡适为狱中的雷震题诗祝寿，表彰他在言论批评方面的奉献：

万山不许一溪奔，拦得溪声日夜喧。
到得前头山脚尽，堂堂溪水出前村。

南宋大诗人杨万里的桂源铺绝句，我最爱读，今写给儆寰老弟，祝他六十五岁生日。

适之

胡适这次生病是因感冒导致心脏病猝发，此前即患有冠状动脉栓塞症，又新增了狭心症。2月25日入台大医院医救，至4月22日才出院。胡适希望这次病愈后，再有十年时间做一点更实际的工作，但他也有死的预感。

6 月 10 日是星期六。晚上，秘书王志维陪胡适喝了一点酒。胡适对王志维说：“当你有一天看不见我的时候，请你到我卧室去，卧室铁柜里有一个小皮箱，你打开就知道了。”王志维随后即打开铁柜，发现小皮箱里放的是一张英文遗嘱。王志维按捺住惊骇的心情，宽慰胡适说：“先生的老师杜威博士不是早就立好遗嘱吗？但他活到 93 岁……”7 月 11 日，胡适因急性肠炎而半夜昏厥，一度手脚冰凉，脉搏间歇，经急救方得复苏，但他拒绝再住医院。

1961 年 10 月 18 日，胡适的小脚太太江冬秀才乘坐西北航空公司的班机从美国飞到台北，照料他的生活。记者问胡太太带了什么礼物，她说：“我 11 年前离开台北到美国去是带了两件东西，现在回来还是两件东西：一件是这个蓝包袱，一件是旧的手提箱。”其实，胡太太还托运了一件大行李——那就是陪伴了她多年的一张笨重而破烂的旧床。胡太太的到来，使胡适减少了几分孤寂，生活也好像有了拘束，但同时带来了搓麻将的嘈杂声和跟亲友的吵闹声。胡适背地叮嘱秘书王志维说：“我太太刚来不久，亲戚朋友几乎都被她骂了，没有一个能跟她处得好。她的牌友多，而我在南港住的是公家宿舍。傅孟真（斯年）先生给“中央研究院”留下的好传统之一，就是不准在宿舍打牌。我也应遵守这条规矩。我有六万新台币的版税交你保管，请你设法在温州街一带买一所房子给我太太住。”

1961年11月26日，胡适心脏病复发，再入台大医院。病状是左心房血管硬化，血流不到右心房，冲到肺部，致使痰中带血。12月17日，胡适在医院度过了他的71岁生日（实足年龄70岁）。台北文化界二百余人为他签名祝寿。他的病房门口摆满了鲜花和花篮——有两盆特别耀眼的圣诞红，是康奈尔大学同学会赠送的。1962年1月10日，胡适出院，暂住台北福州街26号。这里离台大医院较近，便于即时治疗。

然而，友人的祝福毕竟不能改变冷酷的现实。1962年2月24日，胡适终于在“围剿”声中倒下。

当天，台湾“中央研究院”在蔡元培馆举行第五次院士会议。下午五时，举行欢迎新院士酒会。“中研院”院士分编为数理、生物、人文三个组。胡适事前吩咐秘书王志维：“人文组请副院长李济做代表发言。如果李先生婉辞，就不必再请他。他不讲话最好，免得讲些不三不四的话。”不料，王志维一请，李济立即表示：“胡先生之命，我岂敢不从？”会前台大医院还准备派医生、护士在现场照顾胡适，但他忌讳医生护士的白衣，说：“今天的会是喜事，你们一来，像是要办丧事。”

酒会上，胡适先致了一个简短的开幕词。他幽默而得意地说：“我是一个对物理学一窍不通的人，但我却有两个学生是物理学家：一个是北大物理系主任饶毓泰，一个是曾与李政道、杨振宁合作证验‘对等律之不可靠性’的吴健雄女士。而吴大猷却是饶毓泰的学生，杨振宁、李政道又是吴大猷的学生。排行起来，饶毓泰、吴健雄是第二代，吴大猷是第三代，杨振宁、李政道是第四代了。这一件事，我认为生平最得意，也是最值得自豪的。”

李济的讲话不免有几分悲观。他说：“我感到科学思想在中国社会生根不成，是最大的问题。经过 50 年提倡，今天我们的成绩如何？一切科学设备是从外面买来的，学生最后必须出洋去，我们有什么中文的科学大著作？还比不上日本。我真不敢乐观，科学不能在这里生根，就觉得它是舶来品。”李济在讲话中，又特别提到了 1961 年 11 月 6 日胡适所作的英文讲话：《科学发展所需要的社会改革》。这篇演讲词经徐阮高译成中文发表后，曾受到徐复观、叶青等人的“围剿”。还有一位

“立法委员”廖维藩，竟在“立法院”对胡适的讲演提出质询。李济重提这种令人不快的事，而且表示胡适那次讲演中的有些观点他不敢苟同，使胡适颇为不快。他想到他的观点在社会受“围剿”，“中央研究院”内部竟也有人不赞成，顿时脸色就变了。王志维暗示胡适不要生气。胡适连连摆手，不要他管。接着吴大猷讲话。吴劝李济不必太悲观。胡适连连点头，并对吴大猷的意见表示赞成。他接着说：“我去年说了25分钟韵话，引起了‘围剿’，不要去管它，那是小事体、小事体。我挨了40年的骂，从来不生气，并且欢迎之至……”胡适越说越激动，忽然面色苍白，晃了一晃，仰身向后倒下，后脑先碰到桌沿，再摔到水磨石地面上……会场内顿时一片慌乱。秘书和司机先给胡适输氧，院士中唯一的医师魏火曜为他做人工呼吸，“中研院”的大夫还给他注射了三针强心剂，但这一切抢救措施均无济于事。7时25分，台大医院的杨思标医生匆匆赶到，他蹲在地上试试胡适的脉搏，看看瞳孔，然后缓缓起身，摇摇头说：“已经……十多分钟了。”又过了十分钟，司机把在市内打牌的胡太太接到了现场。这位与胡适同年并长胡适数月的老人见此情此景，禁不住用安徽口音大声号啕达数小时，直至昏厥过去……

当晚，成立了由103人组成的治丧委员会。王志维从那个小箱中取出了胡适的遗嘱。主要内容是：一、请求火葬（按：后改棺葬是胡太太的意思）；二、将遗留在北京的102箱书籍、文件捐赠北京大学；三、留存在纽约寓所的手稿、书籍、文件捐赠台湾大学……清点他在南港的财产时，发现除了书籍、文件，他的余款只有153美元。人们不禁想起了他生前的一段题词："金钱不是生活的主要支撑物，有了良好的品格，高深的学识，便是很富有的人了。"

2月25日，胡适灵堂布置完成，他的遗体安放在台北极乐殡仪馆的上天厅（后移至极乐厅）。依旧俗，遗像两旁应挂未亡人或子女的挽联，但新文学大师胡适生前不赞成骈文、对子，所以他的遗属不做挽联，但各界送来的挽联一律照挂。

其中一幅是：

先生去了，黄泉如遇曹雪芹，
问他红楼梦底事？
后辈知道，今世幸有胡适之，
教人白话做文章。

春风化雨忆恩师

——纪念李霁野先生诞辰110周年

中国古人向往过“米寿”（88岁），更向往过“茶寿”（108岁）。霁野师生于1904年4月6日，年轻时医生预言他难以活到40岁，年老时又有医生预言他肯定能活到100岁，但这些预言都不灵验。他于1997年5月4日去世，享年93岁，虽未能庆祝“茶寿”，但仍属于“喜丧”。

但单凭活得长还不足为“喜”，每个人要给人间留“喜”，除了年龄，更重要的是还要有业绩。霁野师是诗人，写过语体诗，也写过格律诗。霁野师并不认为他的诗都好，但他要求自己确有真情实感时才动笔，决不为写诗而写诗。他尤喜好散文随笔，认为这种文体取材广泛，凡风俗人情、奇闻趣事、人物书籍均可以作为素材，在抒情中兼发议论，行文如跟友人炉边漫谈，备感亲切。鲁迅说霁野师的小说感觉敏锐，“有时深而细，真如数着每一片叶的叶脉”（《中国新文学大系·小说二集序》），这也道出了霁野师散文创作的特色。我认为霁野师的《给少男少女》《意大利访问记》都是散文随笔中的上乘之作，但目前文学评论界对这些作品研究还不充分。不过，霁野师事业的中心还是翻译，他“在国内外的译界赢得了很高的声誉”（《中国翻译家辞典》，中国对外翻译出版公司1988年版，第343页）。在《李霁野文集》九卷中，译著多达五卷，其他各卷中也都有涉及翻译的文字。

霁野师有多方面的贡献，这无疑是令人敬重的。但可敬的人不一定可亲。如果学者、教授身上染上了“学者气”或“教授气”，那反倒可能拒人于千里之外。霁野师是一个有真性情的人、有人情味的人。他对花鸟昆虫都喜爱，都欣赏，能从中发现奇妙的美的境界。他喜欢旅游，写下了《江河抒情》《罗马漫步》等散文佳作。年近八旬，他还揣着一颗童心翻译出囊括了不少爱情诗的抒情诗集《妙意曲》，真是“青春虽逝余情在，花谢花开仍动怀”（《题〈妙意曲〉》）。为了辅导孙子孙女阅读唐诗宋词，他专门编写了《唐人绝句启蒙》和《唐五代词》这两本普及性读物。小孙子喜欢玩冲锋枪，他利用1978年参加“外国文学研究规划会议”之机先到上海买，未买到又到广州去找。他在给妻子的信中表示，如广州没有再到北京买！这就是爱心博大的霁野师，可敬而又可亲的霁野师！

霁野师的翻译成就跟鲁迅的扶持、奖掖密不可分。他15岁在安徽阜阳第三师范学校读书时，英文课本就是商务印书馆出版的《天方夜谭》简体本，这培养了他对翻译的最初兴趣。19岁跟韦素园从安徽到北平，入崇实中学读高中，开始借助字典编译短文。1925年夏秋之际，在鲁迅的倡议下，未名社正式成立之前，霁野师也正式踏上了翻译历程。从那时到去世的70多年间，霁野师的主要译著多达18部，其中重印次数最多的是英国作家夏洛特·勃朗蒂的长篇小说《简·爱》。这个译本经鲁迅介绍，曾作为郑振铎主编的《世界文库》单行本印行。茅盾指出，霁野师的译本跟伍建光的译本各有特色：伍本有删节，故宜于一般读者；李本逐字直译，更适合于文艺青年。据说毛泽东也读过此书。虽然不能单纯以此判定译文的质量高低，但至少能说明这个译本读者面比较广泛。霁野师的其他译本也曾给读者留下了深刻的印象，如《被侮辱与损害的》《虎皮武士》《难忘的一九一九》等，也都是我们这一代人风华正茂时喜爱的读物。但翻译给他带来的并不都是掌声和喝彩，还有迫害、痛苦和烦恼。比如他因为翻译过托洛斯基的《文学与革命》——这是十月革命之后苏俄大学曾经采用的文艺理论教材，被北洋军阀政府的侦缉队关押了 50 天。抗日战争期间，他曾在颠沛流离中花四年半的时间译完了托尔斯泰的巨著《战争与和平》，但译稿却在战争中完全被毁。这对于一个翻译家是何等沉重的打击！他翻译的英国作家乔治·吉辛的《四季随笔》，有思想，有文采，深受海峡两岸读者的欢迎，但某出版社重印时，错字漏字多得惊人，让译风严谨的霁野师十分气恼。

未名社的正式成员除鲁迅和霁野师外，还有台静农、曹靖华和韦素园、韦丛芜兄弟，共六人。社务最初由韦素园主持，但 1926 年底他大量咯血，一病不起，社务由霁野师义务主持，为此他花费了青年时期最美好的五年时光。鲁迅认为未名社是一个“实地劳作，不尚叫嚣的小团体”，成员都“愿意切切实实、点点滴滴的做下去”；虽然存在期不长，却出版了不少“相当可看的作品”，“在文苑里却至今没有枯死的”。

有人因为未名社的台静农、韦素园、韦丛芜跟霁野师都出生在安徽省霍邱县叶集镇，就惊叹于这个地方“人杰地灵”，将他们四位并称为“未名四杰”。但霁野师发自内心地反对这种提法，他并不认为叶集这个小镇真的风水好，而且认为除开鲁迅以外，未名社其他成员“都无大成就”（1975 年 11 月 7 日致陈漱渝的信）。他认为他们之所以“小有虚名”，是因为“讨了时代的便宜”（1986 年 5 月 8 日致邹十践的信），因为“五四”以后文坛人才较少，翻译人才更少，所以应该用“未名社成员”这个提法取代“未名四杰”的提法。

当然，鲁迅对未名社也有所批评，如认为他们“疏懒一点”，“小心有加，泼辣不足”，又向来不发展新成员，以至于社务乏人。鲁迅更不满的是未名社后期有的人“所取多于应得”。不过，鲁迅的这些批评均见于私人信函：有的是出于对同人的厚爱——爱之深，责之严；有的是出于误会；有的是明确有所指，如认为“所取多于所得”、说话“往往不可信”的是诗人韦丛芜，而不是其他人。未名社 1931 年准备结束的根本原因，是社员情况发生了变化：韦素园因重病英年早逝，鲁迅在上海，台静农、曹靖华基本不过问社务。韦丛芜情况则更为复杂，一言难尽……但直至临终之前，鲁迅对未名社的基本评价并未改变，对霁野师的友情也未改变。

在研究未名社的过程中，必然会碰到一个颇伤同人感情的问题，那就是鲁迅批评未名社经济管理不善。这也是导致鲁迅 1931 年宣布退出未名社的直接原因。鲁迅同年 10 月 27 日致曹靖华的信中提到，未名社欠他三千余元版税，答应结清，而尚未付，担心会要不回来了。事隔四十多年，曹靖华先生准备把鲁迅致他的信结集出版。霁野师建议曹先生在此信后加一注释，说明所欠鲁迅版税后来大致已清，但被拒绝。曹先生表示他当年远在苏联，不了解社务，而且对鲁迅的书信不能随便加注。这样就使得在韦素园病后长期主持社务的霁野师难免背上黑锅。

碰巧的是，1975 年我发现了鲁迅 1935 年 11 月 14 日致章雪村的信，白纸黑字证明未名社所欠鲁迅版税“大致已清”。我又提供了另一份鲁迅博物馆保存的《未名社账目结束清单》，由霁野师和韦丛芜共同签名盖章，李何林先生亲笔代写，把账目交代得更加清楚。真相是：

霁野师应取版税 1264.37 元，结束时尚存 601.97 元，并未擅用未名社公款。透支版税的是韦氏兄弟：韦素园长期卧病，欠社款 1667.668 元；韦丛芜有病，经济上又欠检点，也透支 853.933 元。韦丛芜本人也承认，他长期向未名社出版部借钱。1929 年 7 月至 10 月，每月借二三十元，后来“逐渐提高到五六十元，甚至七八十元，这给未名社出版部增加了沉重的负担”（《未名社始末记》）。霁野师顾及当年跟韦丛芜的交情，不愿向上海的鲁迅说明真实情况，更不愿刺激命在旦夕的友人韦素园，只能哑巴吃黄连，有苦说不出。但好在 40 年后，这些隐情终于大白于天下，还了霁野师一个清白。他多次表达了对我的谢意，视我为“朋友”，也正是这个原因。

不料 1987 年，未名社经济事再起风波。这年 9 月，霁野师在《鲁迅研究动态》第 2 号上读到了韦丛芜的《未名社始末记》一文，反应十分强烈，甚至退回了鲁迅博物馆增聘他为鲁迅研究室顾问的证书，这是我们始料不及的。我当时的想法是，除开霁野师所写的回忆文章之外，其他有关未名社的史料保存不多，既然韦丛芜有这样一篇未刊稿，也不妨刊登出来供研究者参考。凡回忆文章总难免有主观色彩。如果韦文有失实之处，其他人指出订正也就可以了，不会有明白人对回忆录的说法全部采信。最近通读霁野师文集中所收的书信，才知道他盛怒的原因：一是因为他怀疑这篇文章是韦丛芜的亲属提供的。这是误会。韦丛芜这篇文章原保存在人民文学出版社鲁迅著作编辑室，是我看到后交鲁迅博物馆的刊物发表。文章写于 1957 年 3 月 3 日，刊登时，韦丛芜已经去世九年了。二是因为韦丛芜的文章中说到 1931 年未名社准备结束时，他从开明书店领到一张三千元的支票，请周建人转交鲁迅。霁野师认为这是韦丛芜在无中生有，是对鲁迅和周建人二位的大不敬。因为未名社欠鲁迅的 3073.66 元，直到 1935 年 11 月才由开明书店大致结清。韦丛芜文中所提“三千元支票”一事，霁野师跟李何林早已给他去过信，指出这是误记。如今原封不动地重新发表这种误记，会把好不容易澄清的那潭水重新搅浑。中国传统道德最重诚信，欠债不还是被人鄙薄之事，更何况是欠了鲁迅的钱未还。所以，站在当事人的立场，霁野师认为刊出韦素园的文章实属“荒唐”，实属“混账”，并无不可理解之处。如果发表这篇文章时先征求霁野师的意见，并在韦文误记之处加条注释说明真相，这一场风波也就不会发生了。这是我的疏忽导致的过失，是我一生中应该吸取的一大教训。

鲁迅跟未名社之间发生的版税纠纷本属经济问题，不过后来也有学者往政治方面硬扯，其根据是鲁迅 1931 年 11 月 10 日致曹靖华的信中的一句话：“霁野久不通信，恐怕有一年多了。”这位学者分析道：“这是很普通的一句话，但毋庸讳言，又带有较强烈的感情色彩。因这一年是白色恐怖极为严重，鲁迅处境十分艰难的一年，他盼望朋友来信的心情是相当殷切的……”这段分析给我的印象是：霁野师在这一年多的时间里跟鲁迅疏于联系，是出于对“白色恐怖”的恐惧，害怕被鲁迅株连，大难临头独自飞，使殷切盼望朋友关心的鲁迅失望、伤心。这种理解显然不符合鲁迅的本意。鲁迅写这封信的原因，是远在苏联的曹靖华想将一部短篇小说译稿交未名社出版，要跟霁野师联系。但是霁野师 1930 年秋已受聘至天津河北女子师范学院任英语系教授兼主任，由韦丛芜来负责未名社的社务。霁野师一年零八个月未给鲁迅写信，仅仅是对有关社务问题“不愿说，也无从说起”（《鲁迅先生与未名社》，人民文学出版社 1984 年版，第 55 页），跟“白色恐怖”云云是完全不搭界的。

谈到霁野师的政治倾向问题，他晚年还遇到一件极不愉快的事情。1987 年 8 月，《新文学史料》第 3 期刊登了一篇《鲁迅同斯诺谈话整理稿》。1936 年四五月间，美国记者埃德加·斯诺的前夫人海伦·福斯特拟定了一份采访鲁迅的问题单。她当时正在撰写一篇题为《现代中国文艺运动》的长篇论文，准备收入斯诺选编的中国现代短篇小说集《活的中国》，而后再进一步扩展成一部《现代中国文学史》，所以问题涉及范围相当广泛。斯诺从北平到上海，当面征询了鲁迅的意见，并把鲁迅的回答直接记在问题单上，事后又补充自己的回忆，加上自己的看法，整理成了这份“谈话纪要”。“纪要”中有一句话涉及霁野师：“李霁野是翻译家，倾向右翼。”

由于这段“谈话纪要”既有一定的史料价值，又有明显的讹误和不准确的措辞，并没有经过鲁迅审定认可，所以《新文学史料》编辑部于当年 9 月 25 日召开了一次座谈会，邀请部分在京的老作家和学者进行讨论，我也忝列为参加者之一。会后霁野师跟另一位与会者围绕“倾向右翼”的问题展开了一场激烈的争论。

现在反思起来，当年的论争双方都动了感情，使一个原本简单的问题变得复杂化了。其实，在改革开放后的中国，不会再有人单纯用政治倾向来评价学者、作家和翻译家的学术功过。说到“倾向右翼”，最有代表性的莫过于胡适，但现在学界不也对胡适的是非功过平心静气进行了具体分析吗?

至于霁野师是否“倾向右翼”，他已经用自己93年的生涯进行了有力的证明。我认为，霁野师虽然并不热衷于从事实际政治活动，但确是一位被“五四”狂飙唤醒的新型知识分子。他的老家叶集就在红军大别山区根据地以内，跟革命根据地金家寨相隔只有45公里，老一代无产阶级革命家如恽代英、瞿秋白对他产生了直接影响。他的友人如任国桢、赵赤坪、范文澜、曹靖华、韦素园、李何林、台静农等不是共产党员就是进步人士。未名社存在期间还掩护过王青士、冯雪峰、宋日昌、郑卫华、王林、李俊民、潘漠华等一批党的干部。1928年，他的二弟李耕野也参加了中国共产党。1946年秋，他应许寿裳先生之约到台湾任省编译馆名著编译组主任，热情宣传“五四”新文化。1949年4月，他逃离白色恐怖笼罩下的台湾，到南开大学外语系任教。1956年，他加入了中国共产党。当时有人把他的入党说成“归队”，因为组织上早就把霁野师视为自己人了。试问，世界上会有这种“倾向右翼”的作家、学者吗？

中国现代文学研究专家唐弢在《新文学史料》编辑部召开的座谈会上说：“鲁迅一向对未名社成员有好感，如对曹靖华、韦素园、台静农等都很好，对李霁野也如此，我怀疑这个‘倾向右翼’的‘李霁野’，可能是未名社的另一翻译家韦丛芜之误。”我认为唐先生这一判断完全正确。这可以用韦丛芜本人的回忆来印证。韦丛芜在《未名社始末记》一文中写道：1930 年 7 月，他计划跟周作人合作办一份“纯文学性”的《未名月刊》。“这时青君（按：指台静农）在中法大学预科教书，霁野在孔德学院高中部教书，我把这件事情告诉了他们，征求他们的意见。出我意料，他们竟说我是用资本主义的经营方式来办未名社出版部，违反了未名社的传统。至于办纯文学性的《未名月刊》，他们更不赞成，并且说鲁迅先生在上海参加了左联，我们应该在北平响应他。我当时觉得他们的意见很积极，大概也可以代表鲁迅先生的意见，因而认为自己思想落后了。他们提议办一个旗帜鲜明的左联刊物……”请看，政治上左翼、右翼的分界，在如何办《未名月刊》的问题上就是这样泾渭分明！鲁迅在 20 世纪 30 年代成为左翼文坛公认的盟主，台静农是北方左联的筹备人和常委。霁野师也与李俊民、杨刚等参与了北方左联的筹备工作，并由评论家以群先生介绍，列名于左联成员名单。可见，鲁迅认为韦丛芜当时“倾向右翼”是符合实际的。

要澄清以上问题必然还会涉及埃德加·斯诺。斯诺是众所周知的美国进步记者，一位热爱中国的异邦人，也是鲁迅的朋友。但他整理的谈话记录稿中出现不少错误，也是一件可以理解的事情：一是由于他当时对中国文坛的情况了解有限；二是由于语言的障碍，或口头翻译失误。我们首先应该肯定斯诺是“贤者”，同时也不必“为贤者讳”。比如斯诺撰写的《西行漫记》，率先比较全面、比较客观地向全世界报道了中国的红色根据地，功不可没，但书中也有瑕疵和失误。我为此写过一篇史实考证的文章。斯诺和宋庆龄之间也彼此视为朋友，但斯诺在《复始之旅》一书中对宋庆龄有好几处歪曲和错误的报道。宋庆龄认为这样描述自己既不诚实也不友好，坦率地写信告诉了海伦·福斯特·斯诺，并郑重地委任路易·艾黎向斯诺本人转达（参阅上海宋庆龄故居纪念馆编译：《宋庆龄来往书信选集》）。斯诺接受了这些意见，认为宋庆龄的批评“很有道理”（爱泼斯坦：

《宋庆龄——二十世纪的伟大女性》，人民出版社 1992 年版，第 609 页）。

斯诺整理的这份谈话记录除了对李霁野的评价有误之外，还把《晨报》副刊当成了《申报》副刊，把艾寒松当成了杜衡，把戴望舒误为穆木天。据这份“谈话整理稿”，鲁迅“不喜欢但丁”，认为他是“一个很恶的人”。但鲁迅的准确意思是：“回想起来，在年青的时候，读了伟大的文学者的作品，虽然敬佩那作者，然而总不能爱的，一共有两个人。一个是但丁，还有一个，就是陀思妥夫斯基。”（《陀思妥夫斯基的事》）为什么鲁迅当年对但丁缺乏亲近感呢？他后来在《写于深夜里》一文中做了解释：“我先前读但丁的《神曲》，到《地狱》篇，就惊异于这作者设想的残酷，但到现在，阅历加多，才知道他还是仁厚的了：他还没有想出一个现在已极平常的惨苦到谁也看不见的地狱来。”可见鲁迅阅读但丁的感受也有一个深化和变化的过程。在这份并未正式发表的谈话记录中，把霁野师说成“倾向右翼”，绝对不能代表鲁迅的观点。

前文提到，霁野师是鲁迅扶持、奖掖的文学青年，霁野师对鲁迅的感念之情更是至深！未名社出版的第一本书就是鲁迅翻译的《出了象牙塔》，接着出版的还有鲁迅的译著《小约翰》、杂文集《坟》、回忆散文《朝花夕拾》。霁野师对鲁迅的敬爱，还表现在珍爱鲁迅手稿这种细小的事情上。鲁迅对自己的手稿并不在意，一般的报刊和出版社发表作家的文章后也将原稿毁弃，以致流失到小贩手中用来包油条。但未名社却将鲁迅的文稿另抄到副本付印，使《朝花夕拾》的手稿完好保存至今，实属不易。霁野师 1936 年 4 月从英国归来，第一件事就是到上海拜访鲁迅，留下了愉快难忘的印象；万没想到半年后鲁迅遽然去世，这次竟日长谈之后师生从此天人永隔。霁野师在当年 10 月 20 日致许广平的信中说："霁从师逾十年，所蒙情惠无量，常感愧。"同日致友人孔另境的信中说，他跟鲁迅"相处逾十年，深知此公热情满腔，是一难得的真诚心，一旦失去，颇感生之空幻"。为了同样以真诚心回报鲁迅的情谊，他长期协助许广平照料鲁迅在北平的母亲和遗孀，甚至垫钱接济鲁迅之母。当时周作人月薪逾 400 元，但 1938 年 1 月至 9 月，周作人只给老母送过 15 元零用。周作人夫妇间月去看一次母亲，坐坐而已，他们的孩子是从不上门的，可见友情有时能胜亲情。1976 年，霁野师决定撰写《鲁迅先生与未名社》一书。他在同年2月19日致我的信中说："我所以决定写点儿有关未名社的事，主要是你的督促，此外也因为可以减少误传。"李师母刘文贞回忆，霁野师撰写这些回忆鲁迅的文字，常常情不自禁，老泪横流。也就是在撰写这些文字的日子里，霁野师常常梦见鲁迅，醒后有隔世之感，曾作诗记之：

一

握手言欢一瞬间，重温四十余年前。
堪伤死别与生离，难诉心头事万千。

二

恩师遗训未尝忘，益友音容忆断肠。
梦里相逢频回顾，中宵不寐细思量。

霁野师跟鲁迅相识相交12年，撰写这些两首诗时年已72岁。我跟霁野师相识相交22年，马年岁首撰写这篇忆念文章的时候，我已73岁。时光都到哪儿去了，我也真搞不明白。在《李霁野文集》（九卷本）中，收录了霁野师给我的书信 54 封，留下了他扶持提携我的文字记录；但他实际写给我的书信应该超过此数。在霁野师离我而去的 18 年中，我以他为榜样，笔耕不辍；也努力学习霁野师的风骨品格，对国家、对师友常怀感恩之心，在遇到坎坷曲折时也力图像他那样坦然面对。1984 年初，霁野师将 1928 年至当时的五十多篇随笔结集为《温暖集》，书前用英国诗人兰多（Walter Savage Landor，1775—1864）的一句诗作为序诗：

我在生命的火前，
温暖我的双手，
一旦生命的火消沉，
我愿悄然长逝。

一个人何时“悄然长逝”，往往不是本人能够决定的事情。但亲情、友情、师生之情，都是生命之火的燃料。它不仅一直温暖着我这颗畏寒的心，还将用无限的光芒照亮我十分有限的前程。

精神犹在海天张

——悼萧三同志

我书桌的玻璃板下，压着一首萧三同志在普通信笺上题写的短诗：

月亮徐徐地爬上碧空，
海水波光相映一片碎红
星点，灯塔——
互相挤眉弄眼，
商船，渔筏——
来往破浪迎风。
水兵雕像似的立在军舰上，
十年来不曾合眼一分一秒钟。

大海呼吸得多么饱满舒畅，
吐纳它那无量巨大的蕴藏。
……

这首诗作于1959年8月。当时萧老在青岛海滨晚憩，饱览祖国海天的壮美景象。他回想起19世纪90年代以来，青岛曾先后被德、意、日、美帝国主义蹂躏。如今，神州摆荡、山河失色的岁月已经过去，半个世纪的耻辱已经洗涤干净。他为祖国的今天无比自豪，同时向往着祖国更加美好的明天、后天，不禁诗兴勃然，挥毫写成了这首意境阔大、激情澎湃的诗作。臧克家同志说萧老的诗“爽快易上口，心中有豪气”。这里所说的“豪气”，就是诗人海天般广阔的襟怀在诗歌中的表现。萧老将这首诗抄赠我，是在1980年2月14日，即旧历除夕的前一天，当时他正住在北京友谊医院的干部病房。今天当我撰写此文的时候，恰巧也正值除夕的前夜，然而这位以诗歌当作“子弹和刺刀”的老作家却永远封闭上了他的歌喉。墨迹犹新，琴弦已断，这是何等令人哀痛的事情！

我初次听到萧三这个名字，还是从初中语文老师的口中。记得当时我们学的一篇课文，就是从萧老的《毛泽东同志的青少年时代》一书中节选的。据萧老说，这本书的遭遇颇为坎坷。他谈的情况，我不愿意在本文中复述。我要说的只有一点，就是我们这些满身稚气的孩子，正是从这篇课文中认识了毛泽东同志青少年时期勤劳、诚实、助人为乐、好学上进的亲切面影，清晰地看到了这位巨人在人生道路上留下的最初的足迹。也就是从这个时候开始，我了解到萧三同志是我国老一代无产阶级革命家，是毛泽东同志风华正茂年代里携手同游的"百侣"之一。后来，我也有幸登上了中学的讲台。我经常向学生们推荐的课外读物，就是那本封面印着挺拔的红松的《革命烈士诗抄》。每当翻开这部在中国几乎家喻户晓的诗集，我们耳边就会震荡着主编者萧老发出的撼人心灵的声音：你要学习写诗吗？学习这样的诗歌吧！你要学习做人吗？向这样的人学习吧！

像我这种渺小得可以忽略不计的人，要跟萧老这种蜚声文坛的"大人物"接触，原本是从来不曾想过的事情。然而这样的机遇终于来了。那是在 1977 年秋天。当时我们党的工作还处在徘徊中前进的时期，复查和平反大量冤假错案的工作遇到了拖延和阻挠。被怀疑为特务的萧老虽然已经出狱，但“特嫌”的帽子并没有摘除。就在这年的9月1日上午，我跟荣太之同志带着鲁迅研究室的介绍信来拜访他了。我们来访的目的，是了解左联解散前后的情况，因为当时北京大学、北京师范大学、北京师范学院三所高校的中文系现代文学教研室联合举办了三次学术讨论会，讨论“革命文学”论争、左联评价以及“两个口号”论争等问题，引起了全国现代文学研究界乃至整个文艺界的关注。我们单位也应邀列席发言，当然需要向有关当事人做一番调查工作。

为慎重起见，我们先到了管辖萧老所住街道的派出所，请示是否可以进行这次访问。派出所的同志翻开了萧老家的户籍卡凝思片刻，而后做出一不置可否的回答。不置可否，在我们看来就是不予干涉，也就是默许，于是我们就欣然前往了。在北京东单麻线胡同10号的一个小院落里，我们先遇到了萧老的二儿子萧维加，面交了单位介绍信。维加说，萧老近来身体不适，一般谢客，但像我们这种情况能否破例，他要先进去问一问。不一会儿，维加就走出来了，说萧老对我们表示欢迎，接着就把我们领进了萧老的卧室。这间房很狭小，靠墙是一张单人床，房中间安着一个取暖用的铁炉，室内零散地放着几本外文书。萧老坐在煤炉旁的靠椅上，一边喘息，一边用湘乡口音跟我们交谈起来。我感到，他从喉管中艰难吐出的每一个字，都是跟病魔顽强搏斗的一个战果。这样的谈话当然是不能持久的，大约20分钟后，我们就起身告辞了。萧老支撑着站起来跟我们握别，欢迎我们再来接着谈。这时，在一边给火炉加煤的萧三夫人——叶华女士微笑着向我们频频点头致意。萧老那个正在地板上“匍匐前进”的胖胖的小孙子，似乎也被这种温暖的气氛所感染，爬得更加起劲了。

出门后，维加告诉我们，萧老一开始就对我们有好感，一方面是因为我们来自研究鲁迅的“正统”机构（“正统”是萧老的原话，当时全国只有一个研究鲁迅的专门机构），同时也因为我们所持的介绍信上明确写的是“萧三同志”，而不像当时为数不少的态度蛮横、直呼其名的外调者。对于一个在我党的初创时期就献身于革命，却硬被林彪、江青、康生一伙指派为“特务”的人，能在一片诬陷声中听到一声“同志”的称呼，该是感到多么欣慰呵！当时我们根据什么敢于称萧老为同志呢？什么根据也没有！既没有上级精神，也没有小道消息。我们只是本能地认为，萧三的名字理所当然地应跟同志的称谓联系在一起，把这位革命了半个多世纪的老人当成“特务”，是一桩不可思议的事情。就在这一年的春节前后，听说王震同志设家宴款待萧老了，接着又听说当时主持中组部工作的胡耀邦同志设家宴款待了萧老和王光美等同志……不过，给萧老正式平反，一直拖到了1979年国庆30周年前夕。党的十一届三中全会的春风，使萧老心河中凝固了十七八年之久的冰层解冻，重新泛起了欢快的涟漪。在身处逆境的时候，萧老心中常默诵着他在莫斯科东方学院教中文时与谢文锦同志合译的《光明颂》：“黑暗必将消灭，光明就在前头。”平反冤案之后，萧老又常默诵曹操《龟虽寿》一诗中的名句：“老骥伏枥，志在千里。”为了振兴中华，他要写作，要歌唱，要呐喊，要夺回他失去的宝贵岁月……

在跟萧老接触的过程中，我们谈得最多的当然是有关鲁迅研究的问题。有些谈话的内容，萧老后来已写入《我为“左联”在国外作了些什么？》《我的一项自我批评》《鲁迅——中外文化交流的先驱》等文，读者可以参看。在这里，我只想谈几点上述文章中没有涉及的零星情况。

在20世纪60年代初，出现过一份所谓“萧三谈话记录”，其中说萧三结识鲁迅是通过瞿秋白的介绍。我曾为此事请教萧老。萧老说，他最初跟鲁迅通信并不是秋白同志介绍的。大约在 1930 年 11 月，国际革命作家联盟在苏联哈尔科夫成立。他曾给左联写信报告情况，并希望中国方面能派出常驻该会的代表。这封信的信封上写的就是“上海北四川路司各脱路内山书店转周豫才先生收”。当时，左联另派驻外代表有困难，就委托他担任了左联常驻国际革命作家联盟代表。此后，他致左联的信函，都是通过鲁迅收转。左联成立后，国民党反动派的压迫日益残酷，不少国际革命作家撰写诗文对国民党反动派提出抗议。他将这批诗文电函寄回上海，鲁迅曾从中翻译了德国革命作家路特威锡·棱的抗议信和奥国革命诗人翰斯·迈伊尔的诗《中国起了火》，刊登在同年出版的《文学导报》第 2 期上。从 1931 年 6 月至 1932 年底，鲁迅与秋白同志联系密切，在此期间，秋白同志也写信给他，要他诗作的俄译本。秋白同志还向鲁迅介绍了他的情况。鲁迅听到他担任莫斯科东方学院讲授中国文学的副教授后，非常高兴地说：“中国有人真正研究文学了。”从此，鲁迅就更加重视跟他通讯。

1932 年 7 月，萧三曾代表国际革命作家联盟邀请鲁迅赴苏联参加十月革命15周年的纪念活动。据《鲁迅日记》记载，这封信是从柏林寄出的。我感到有些奇怪，便询问在苏联写的信为什么要从德国寄出。萧老答复说，这样做是经过深思熟虑的。当时国民党反动派的邮件检查制度很严，从苏联寄出的信常被扣留。当时德国的无产阶级文学力量相当雄厚，国民党反动派对德国寄出的信又检查得比较松，所以有些重要的信函就由德国的革命文学团体代为发出。听到这番介绍，我不禁感到，萧老当年为安排鲁迅的出国事宜，考虑得是多么周密细致呵！

1937年，鲁迅先生纪念委员会曾编印了一部《鲁迅先生纪念集》，书中的“苏联”部分选收了一封长信，抬头是“H兄”，落款署“弟××”，该信详细介绍了苏联悼念鲁迅逝世的情况，是极珍贵的史料。有一次，我特意带着这本书走访萧老，询问“H兄”和“××”的真实姓名。萧老说，“××”就是“萧三”，发表时编者有意删节的。“H兄”即曹靖华，“H”是“华”字的拼音缩写。信中曾提到鲁迅逝世之后，在苏联成立了一个“接收鲁迅文学遗产委员会”，推萧三为主席。我又询问这个委员会的活动。萧老说，成立这个委员会是当时一些热心人的想法，目的是有组织地研究鲁迅遗著，但后来并未实现，只是在苏尔柯夫主编的《文学教学》上介绍了鲁迅的一些作品。他为这个刊物撰写了一篇重点文章，比较系统地介绍了鲁迅的生平、思想和政治主张，为不少读者所称道。显然，鲁迅在20世纪30年代就在苏联产生了广泛的影响，这跟萧三同志的宣传介绍是密不可分的。

众所周知，萧老是一位著名诗人。不过，从开始写诗的第一天起，他就无意于摘取诗人的桂冠。他曾多次谦逊而诙谐地用湖南方言说，叫他写诗无异于“捉着黄牛当马骑”。然而，萧三的诗歌却以其革命化、通俗化、口语化的特色而在诗坛上独树一帜。正如毛泽东同志在致萧三的信中所说：“大作看了，感觉在战斗……”据不完全统计，他在国内外出版的诗集多达十余种。我不懂诗，不能对萧老的诗歌做出中肯独到的评价。但我认为有一点是值得注意的，那就是早在20世纪30年代，萧三的诗歌就赢得了国际声誉，这在中国现代作家中还是不多见的。比如他的诗歌《棉花》，就曾被译成俄、德、英、法、西班牙、乌克兰及格鲁吉亚等多种文字，并曾被苏联教育部采入七年制教科书。另一首诗《南京路上》除同样被苏联教育部采入教科书外，又分别在纽约《工人日报》、保加利亚文学杂志《星》《国际文学》杂志英文版等报刊登载。其他诗歌如《血书》《兄弟们，敬礼了！》《克鲁邹——上海》《三个（上海）的摇床歌》《“华西庆诺”》等，也都被分别译成俄、英、法、西班牙、保加利亚等国文字广为发表。遗憾的是，由于种种原因，萧三的诗集文字错漏的情况较多。比如1934年，苏俄国家联合出版部远东分部出版过一本《萧三的诗》，内收诗作13首，约110多页。当时萧老在莫斯科，远东分部的编辑在未征得作者同意的情况下，竟对原稿擅加删改，致使这本萧三早期诗集出现了许多讹误，最后只能将最违背原意的地方略予改正，印一张勘误表连同诗集一同发行了事。不久前，某出版社也出版了一本《萧三诗选》（这本书的全部稿费萧老都捐给了四川灾区人民）。据萧老说，这本诗集从封面到书中的字、行，也有不少错误。一时记不清鲁迅在哪里讲过：见到水果商随便处置水果的情景，果树会感到何等悲哀呵。对于一个呕心沥血锻句炼字的诗人，见到自己的诗作竟印成这般模样，那难受的心情是可以想见的。萧老生前曾希望能出版一种收集较全、不擅自改纂的诗集。我想，今后如能实现萧老的这一夙愿，将是对老诗人的一种十分切实的纪念。

在谈到莱辛时，歌德曾热情赞扬说：“我们所缺乏的是一个像莱辛似的人，莱辛之所以伟大，全凭他的人格和坚定性！那样聪明博学的人到处都是，但是哪里找得出那样的人格呢！”每当我从《哥德谈话录》中读到上面引述的这段话，就会自然而然地联想起萧老的两件事。

一件事发生在1977年，当时在讨论1936年上海文艺界关于“两个口号”论争问题的过程中出现了一种观点，即把1935年仓促解散左联的做法说成是完全正确并得到鲁迅完全赞同的。当时这种观点得到了不少人的支持，被认为是解放思想的表现，而持异议者则是没有跟“四人帮”划清界限。这时，萧老毅然向我们提供了他1943年10月31日日记的影印件：“下午两点后去枣园晋谒毛主席……我告以解散左联是王明的主张，他两次逼我写信回上海……主席这才知道并说：‘这有点像解散共产党。’‘反帝而去掉无产阶级立场，那就反帝也不会有了。’又笑说，‘那就是和“右联”“中联”一道搞啰。’”萧老还跟我们补充说，他执笔的那封主张解散左联的信，不但是在王明施展了威胁、讽刺、激将等手法之后写出来的，而且信中的主要观点来自当时另一位驻第三国际的中共代表康生。当然，他作为执笔者，也有自己应负的一部分责任。为了说明事情的原委，他还描述了 1934 年底跟康生一起在黑海海滨疗养的情景，以及 1935 年 11 月他到莫斯科“柳克斯”旅馆找康生的情况。萧老要我们将上述材料原原本本地公诸于众。他在 1978 年 2 月 1 日的来信中说：“最近听说文艺界反‘黑线专政论’座谈会上又有人提起我写信回国一事，但语焉不详，许多人不知底细。为了‘说老实话’和‘实事求是’起见，千请照办，至为感谢。”后来，我们遵萧老之嘱，在《鲁迅研究资料》第 4 期公布了这一材料。萧老的这一回忆，比较全面地提供了左联解散的政治背景，有助于我们对这一问题做出公正的经得起历史检验的评价。在当今文坛上，确有一些锱铢计较个人得失的评论者，他们常以被评论者地位的升沉而随意改换自己的观点和客观存在的史实。萧老能反其道而行之，正是他“人格和坚定性”的生动表现。

另一件事发生在 1979 年。当时正值“五四”运动 60 周年，有一大批回忆录和纪念文章问世。在一篇回忆录中，提到 1918 年 4 月 14 日参加新民学会成立会的有 14 人，包括回忆者本人。而萧老则根据自己的记忆和他在新民学会成立当天的日记，坚持认为参加成立会的只有 13 人。那位回忆者虽然是新民学会的“基本会员”，但当天却“未及到会”。尽管是否参加新民学会成立会，并不能完全说明其在学会中的地位和作用，更不能孤立据此评价一个人的历史功绩，但萧老出于对历史本来面貌的尊重，仍再一次坦率陈述了自己的意见，纠正友人记忆的讹误。这件事情，再次表现了萧老的“人格和坚定性”。

凡属文采斐然的卓越诗人，其内心世界也无不是丰富多彩的，犹如姿态纷呈的鲜花，恰似抑扬起伏的琴音。作为优秀诗人的萧老，也并非“金刚怒目”式的人物；反之，他的感情是非常炽烈，非常细腻的……

大约是 1980 年 8 月的一个下午，我来到了萧老木樨地的新居。推门进去，只见萧老独自坐在一张沙发上，凝神盯着握在手中的一块表。我感觉到气氛有些异样。萧老为什么长久陷入沉思？为什么表不戴在手腕上却非要捏在手里？但我没有把心中的疑问说出来，只是默默地坐在他的身边。这样大约过了五六分钟，时针好像是走到了下午四点，萧老动情地说：“起飞了，和平起飞了……”萧老告诉我，和平是他的小儿子，今天启程飞往美国留学。家里的人都去机场送行了，他有病出不了门，只好在和平起飞的时候在心里默默地祝福。他还说，以前由于受他的牵连，又赶上“十年浩劫”，和平的文化水平不高，现在有机会读书，将来可以为建设祖国多出点力。说这些话的时候，萧老的眼眶里泪花闪烁。透过那晶莹闪烁的泪花，我看到了从萧老心灵中迸发出的父爱之光。

萧老生命的最后几年，是在紧张的拼搏中度过的。但他也常想有人来随便谈谈。1979 年 11 月 24 日，萧老从友谊医院写信来说：“哪天能来谈谈？住院寂寞，有朋友自远方近方来，不亦乐乎！医院规定，每星期二、四、五、日下午 3 时至 6 时可以会客，其实哪天都可以。”1980 年 8 月 18 日，萧老第二次出院后又来信说：“您如有暇，随时都欢迎您来谈谈。”不过，无谓的打扰、限期索稿一类的事情也常使萧老陷于苦恼。有一次，某刊物要我转请病中的萧老写一篇应景文章，限期又很紧迫。我出于无奈，转达了该刊的请求。萧老回信要求再宽限几天，并说："我病多，年老，不能像要求年轻人那样要求我，请大家原谅！"如今当我重读这封信的时候，内心不禁有一种负疚的沉重之感。我由此又想到了茅公生前类似的苦恼，想到了叶圣老前些年同样的苦恼……是的，有些人常走访老前辈，并向他们提出各种各样的要求：提问、征稿、索字以及其他种种请托。他们这样做的时候，都是出于某种特定的需要，又都包涵着对这些老前辈的敬慕之心，不过又往往在不知不觉间忘记这些前辈确实已经老了。不要像要求年轻人那样地要求他们吧！不要勉强他们做那些力不从心的事情吧！他们的有生之年比一般人短促，因而时间比一般人更为珍贵，一分一秒都应该用在刀刃上。他们的社交活动如果不予以控制，事情如果不能分轻重缓急地办，那就无异于对他们的一种摧残，实际效果就要走到良好愿望的反面。这样的教训真应该牢牢记取！

在癸亥年的春节，我断断续续地写成了这篇言犹未尽的粗糙的文章，作为一朵小小的白花，敬献于萧老的灵前。在萧老灵堂的花圈丛中，这朵小白花是并不显眼的，但它却寄托了一个无名后辈的绵延未尽的哀思。熊瑾玎同志在读完萧老主编的《革命烈士诗抄》后，曾赋诗二首，其中有这样两句：“躯壳纵填沟壑去，精神犹在海天张。”现在，我借用这两句诗，缅怀敬爱的萧三同志。是的，人的生命是短促的，即使是 87 岁的高龄，在历史的长河中也只是短暂的一瞬，但人的美德却能留传到辽远的后世，跟河山同在，与海天永存。

数通书简，一席交谈

——悼胡愈老

1986 年 1 月 16 日晚饭后，我们一家人照例围坐在电视机前看中央电视台的《新闻联播》节目。突然，播音员宣布了胡愈老于当天 11 时 15 分溘然逝世的噩耗，我猛然一怔，简直不相信自己的耳朵。这几天，我正准备到他府上请他回忆潘汉年同志的情况呢！胡愈老为我题写书名的那本书，听说已经开印了，我还准备送到他府上向他老人家面谢呢！然而，这位忠诚的共产主义者，这位杰出的文化战士，却永远地离开了我们……

我从开始接触鲁迅作品的时候起，就熟悉了胡愈老的名字：我知道他是鲁迅在绍兴府中学堂任教时的俊秀超卓的学生；我知道盲诗人爱罗先珂是通过他的介绍成为了鲁迅的朋友；我知道他撰写的《莫斯科印象记》受到了鲁迅的推崇；我知道他跟鲁迅曾在中国民权保障同盟并肩战斗，同盟领导人开会时，他们两人一根接一根地吸着香烟，几乎用不着火柴。我还牢牢记得许广平在 1938 年版《鲁迅全集》的《编校后记》中说过的一句话，这部煌煌巨制“一切擘画策动，则全赖胡愈之先生”。所以我一读到鲁迅的书，就会自然想到胡愈老的劳绩。

但是，我跟胡愈老并没有什么直接交往。我所能回忆起的，只有我跟他几次通信和一次交谈的情况。

我跟胡愈老初次通信，是在 1977 年 2 月。我在信中提了两个问题：一、关于 20 世纪 30 年代“文委”（全称是文化工作委员会）的情况。二、关于文学研究会的情况。当时茅盾在《鲁迅研究资料》创刊号上发表了《我和鲁迅的接触》一文，说文学研究会成立前，是郑振铎写信给他，征求他和胡愈之做发起人；又说鲁迅之所以没有参加文学研究会，是因为北洋军阀政府制定了一个《文官法》，规定凡政府官员不能和社团发生关系。我请胡愈老对茅盾的说法发表意见。

胡愈老在同年 2 月 3 日的复信中答复了上述问题。

他说："关于30年代文委的情况，据冯雪峰同志生前告诉我，文委原来直属江苏省委宣传部。1934年上海中央局和江苏省委全部遭到破坏，只有文委还保留下来。1935年2月文委书记阳翰笙被捕后，由周扬接任文委书记，后来周扬等人解散左联，提出国防文学口号，即是以文委名义做出决定的。1936年鲁迅去世以后，文委亦消声匿迹。周扬等人于1937年8月间离开上海，去了陕北，从此文委就不存在了。"对于茅盾的说法，胡愈老表示了不同的意见。他说："文学研究会是1920年前后在北平成立的，发起人是哪些人，现在记不清。当时我和茅盾都在上海商务印书馆担任编辑。我还没有认识郑振铎，所以决不会通过我请茅盾当发起人（笔者按：茅盾是说郑振铎写信给他，征求茅、胡做发起人）。后来郑振铎到上海进商务印书馆工作，文学研究会也迁来上海，我是在后参加的。记得当文学研究会在北平成立时，鲁迅已经和文学研究会密切合作，不过名义上不算会员罢了。如果说是由于《文官法》限制而不参加，我怀疑是否属实（笔者按：胡愈老原来写的是'我完全不信'，后删去'完全不信'四字，改为'怀疑是否属实'）。"

大约是同年五六月份，我到南方出差，在杭州拜访林淡秋同志，向他请教关于左联和两个口号论争的一些问题——1935年春，林淡秋同志曾任左联常委。林淡秋同志当时说：“提出‘国防政府’的口号跟提出‘国防文学’的口号，作用并不相同。我党当时提出建立‘国防政府’是对的，因为国民党要搞一党专政，提出建立各抗日党派、团体联合组成的‘国防政府’，就是要跟国民党反动派斗争，打破它们的一党专政。文艺界的情况则不然，因为党领导的左翼文艺运动在国统区影响很大。解散左联，实际效果不好。记得解散左联后组织文艺家协会，开了两次成立大会：第一次在上海四马路上的大西洋西餐馆，讨论协会章程、工作方针……因为发生争执，会议没有开完，决定再开一次。第二次由郑振铎出面主持会议。国民党文化特务周寒梅动员了很多人来捣乱，乱提问题，无理取闹，郑振铎气得不干了。所以左联解散后，文艺家协会只剩下一个空名。这证明在文艺界建立统一战线，不扩大自己的力量是不行的。”

从杭州返京后，我于7月15日给胡愈老写信，介绍了林淡秋同志的谈话要点。胡愈老第二天就写了回信。他说：“文艺家协会我没有参加。据说成立会是在1936

年 6 月 7 日召开的，那时我在香港，所以开会情况完全不清楚。成立会开过两次，这话也说不通。所谓第二次会，可能是文化界救亡协会的成立会，那是在 1937 年 8 月初召开的，上海各大报都有详细报道，查当时《申报》就可知道。文化界救亡协会我是参加的。但这一次的会完全为潘公展、周寒梅所把持，并非文艺家协会。……据我的回忆，1936 年鲁迅去世后，文艺家协会已无形解散，国防文学这个口号也没有人提了。林淡秋同志记起的第二次由郑振铎主持的成立会，要问他是哪一年哪一月召开的。如确实是 1937 年 8 月召开的，那肯定是把文化界救亡协会误作文艺家协会了。”遗憾的是，此后我的研究兴趣逐渐转移到其他方面，没有遵胡愈老之嘱查阅其他资料，也没有再跟林淡秋同志进一步核实。所以有关文艺家协会的问题，以及有关两个口号论争的问题，至今在我的脑子里还是一笔糊涂账。

同年年底，我大概是想写一篇纪念许广平的文章，其中涉及到以复社名义出版 1938 年版《鲁迅全集》的情况。我对于复社的性质和成员情况不甚了解，便于 11 月 25 日写信向胡愈老请教。我在信中还开列了一份复社成员名单，其中有胡愈之、许广平、周建人、郑振铎、胡仲持、黄幼雄、王任叔、吴耀宗、沈体兰、孙端璜、胡咏琪、冯宾符、陆蠡、蒯斯熏、吴子良、施从祥……共计16位，不足20人之数。我请胡愈老核实增补这份名单，因为搞清复社的情况，对研究中国现代出版史是有价值的。胡愈老在12月14日写了回信。他说："复社是1937年冬在上海成立的一个地下出版机关，做了出版《西行漫记》和《鲁迅全集》这两件事，并不是一个社团。参加工作的人大部分是上海抗日救亡团体联合会（公开称为'星二座谈会'）的成员。这个团体到1938年（我已离开上海）人数陆续增加，因为是不公开的，所以我也只能记得其中一部分。你所开列的16人中，陆蠡、蒯斯熏我不认识。除此16人，我能记得起的，还有张宗麟、梁士纯、梅益这三个人是比较重要的。复社后来被法捕房查封，所以出版《鲁迅全集》时不再用复社名称，而用鲁迅纪念委员会。"

1978年8月17日，我因应中国社科院近代史所之约编辑中国民权保障同盟的史料，写信向胡愈老请教关于同盟的性质、机构等问题，还抄录了一份上海纪念馆保存的同盟31位成员名单，请胡愈老提供他们的基本情况。胡愈老在18日复信说："民权保障同盟肯定是党的外围组织。据我当时所知，它是共产国际所组织的国际的群众性组织，中文译成济难会，是为救济各国政治犯而设的。群众基础是各国工人。在上海早已有济难会组织，是绝对秘密的。民权保障同盟则为济难会的一分支，是公开的合法的上层组织，与英、美、法等国由罗素、巴比塞、爱因斯坦等著名知识分子所构成的类似组织有联系。但这是我的猜想。冯雪峰同志生前也是这样说的。”

作为我国文化界的著名老前辈，胡愈老对于像我这样的后辈学子基本上是有信必复、有求必应的，而且复信十分及时，几乎是收到即复。偶尔晚复了一些日子，也总是事出有因：不是因要事延搁，就是身体不适。比如我 1977 年 11 月 25 日的那封去信，胡愈老 12 月 14 日才答复。他在信的开头解释说：“11 月 25 日去信时，我正住医院，以致迟复为歉。”我读后极为感动。但记得有一次例外，那是我询问《译文》停刊事件。

关于引起鲁迅不快的《译文》停刊事件，已经有好多人问过胡愈老，“文革”中也有人找胡愈老做了调查。胡愈老明确表示：“这件事不是政治问题，而是人事问题。”他解释说，1934 年 9 月，由于鲁迅的倡导和筹划，生活书店曾出版《译文》月刊，以认真严肃的态度译介外国文学作品，并通过这一阵地培养造就新的译者。在当时文化青黄不接的情况下，这个刊物好似戈壁中的绿洲，受到许多读者的欢迎。1935 年 9 月，《译文》出版已满一年，需要与生活书店续订第二年的出版合同。鲁迅为了培养新生力量，要黄源出面跟书店签合同，实际上是要黄源接任《译文》主编。书店从单纯营业观点考虑，担心鲁迅不当主编会影响刊物销路。9 月 17 日晚，由协助邹韬奋代管生活书店店务的胡愈之和替生活书店主编《文学》月刊的傅东华出面，邀请鲁迅、黄源到新亚公司吃饭，同席的还有主持生活书店的邹韬奋、生活书店代经理毕云程、《译文》方面的郑振铎、《文学》方面的茅盾。当时书店方面提出《译文》第二年的出版合同仍由鲁迅签字，不赞成黄源签字，其他问题都好协商。鲁迅听了十分生气，没吃一口饭菜就放下筷子走了。胡愈老认为，这次冲突的起因，其实是黄源与傅东华之间的矛盾：黄源协助傅东华编《文学》时，傅就对黄不好；黄离开《文学》去编《译文》，傅更不高兴。鲁迅对傅有看法，很同情黄源。胡愈老不赞成把这件事看成政治问题，也不赞成把鲁迅跟生活书店的关系视为对立的关系。当时，关于这件事还有三四种不尽相同的说法。我辑录后寄给胡愈老，希望他能进一步说明。不知是因为胡愈老不愿重复已说过的话，还是不愿多涉及当时进步文化人之间的纠葛，抑或是其他方面的原因，我这封信没有得到答复。

我跟胡愈老虽曾多次通信，但面谈只有一次。那是在 1984 年 1 月 13 日。当时，我正为北京出版社撰写一本历史读物《中国民权保障同盟》。杨杏佛烈士之子杨小佛先生函请胡愈老为这本书题签，胡愈老欣然同意，并询问题签的具体要求。因此，我跟同事叶淑穗同志一起去东城汪芝麻胡同拜访胡愈老——叶淑穗跟胡愈老极熟。我们穿过他所住的四合院的庭院，走进胡愈老的客厅兼书房。胡愈老的夫人沈兹九女士坐在书房东侧的一张办公桌前，时而旁听，时而做些她自己的事。沈兹九女士是我国妇女界的著名活动家，她跟胡愈老共用一间书房兼客厅，可知他们在生活上是律己很严的。这一天胡愈老谈兴很浓，但时显老态。他的助听器的耳塞经常往下掉，使他不得不一次又一次地把耳塞重新塞进耳孔；助听器的音量也总是调不好，忽而太高，忽而太低。胡愈老既要说话，又要忙于调整助听器，显得格外吃力。

胡愈老的沙发旁还摆着一台很旧的负离子发生器。他说话气喘的时候，就凑近负离子发生器深深吸两口气，用以增添体力。记得胡愈老八十寿辰的时候，赵朴初先生曾写过一首《赠胡愈之翁为寿》的诗，开头两句是：“吾爱愈之翁，八十气犹旺。”但是，时隔八年，胡愈老的体质已经大不如前了。“风雷岁月催人老”，此言真是不虚！然而，我心头掠过的这片阴云很快就被胡愈老乐观主义的情绪驱散了。胡愈老笑容可掬，回忆起了他在绍兴府中学堂读书时的趣事。他说，1911 年的 1 月 20 日，他雇了一只划船离开故乡浙江上虞，去投考 15 公里以外的绍兴府中学堂。当时的学制，每一府城设一中学堂。绍兴府中学堂是为绍兴八县而设的。清朝末年改变中学学制，分为文实两科，各四年毕业。绍兴中学的较高几班仍用旧制，不分文实科。只有二年级有实科一班，一年级有文实科各一班。他是“累弈书香”门第出身，在本县高等小学就学过大代数，物理、化学、博物、生理也都学过一点，对数理科格外感兴趣，因此“弃文就实”，以第一名的成绩被实科二年级破格录取。当时鲁迅在绍兴府中学堂任监学，在实科二年级每周讲授一小时生理卫生。因为鲁迅曾留学日本，又剪去了辫子，所以同学们背后给他取了一个绰号："假洋鬼子"。鲁迅在学堂是以严厉著称的，每天晚上都要到自修室检查学生晚自习的情况。胡愈老说，他当时不用功，晚自习时在桌面上摆一本书，书下压一张纸，在纸上写一些给同学取绰号的游戏文章——如《绰赋》。鲁迅发现了两次，把他的游戏文章没收了。放暑假前，鲁迅给学生写操行评语。有一晚，鲁迅离开了监学室，但窗户没关严。有几个同学想偷看操行评语。胡愈老当时身材矮小，同学们就把他抬上窗台，让他爬进屋里去偷看卷子和评语。胡愈老一看，他的学习成绩还好，但评语分未填。鲁迅在他的评语栏写了三个字："不好学"。说到这里，胡愈老不禁笑起来，好像又回到了七十多年前的学生时代。这次会见时，胡愈老还谈了他在 20 世纪 30 年代的一些情况，并明确告诉我，他是 1933 年秘密入党的。鲁迅知道他跟党的关系。为了彼此的安全，他一直未去过鲁迅家，有事到宋庆龄家谈谈，或者通过周建人转达。为了不损害胡愈老的健康，我们不敢久留，大约谈了四十多分钟就起身告辞了。过了两天，我叫孩子去胡愈老家取来了他为《中国民权保障同盟》一书题写的书名。我打开字轴一看，这八个字笔墨酣畅，遒劲有力，完全不像年近九十的老人的字迹。书名下胡愈老签名钤印，跟书名配合得当，成为了一幅完美的书法艺术品。我在兴奋之余，完全没有想到我跟胡愈老的初见，竟同时成了跟他的永别。

如今，胡愈老真是长离我们而去了，但他“平易发谦光，温容蕴倔强”（赵朴初：《赠胡愈之翁为寿》）的长者形象将长留在我们的脑海，他毕生的劳绩将永存在我们崇高的事业中！

愿胡愈老安息！

白云原自一身轻

——悼萧军

1988年春节前夕，我到海军总医院高干病房探望一位世交长辈，走错了房间，里面迎出来的是萧耘女士；一问，才知萧老患了癌症，在此治疗。我心头顿时一沉，既感到难过，又感到突然。萧老是以钢铸铁打的身板著称的，70岁在京郊东坝河村居住时还能担水锄地，留下了“寄语亲朋休挂念，廉颇虽老体犹康”的诗句，如今怎会突然患此恶症呢？不久听说萧老正在接受功效神奇的气功治疗，我就指望着“柳暗花明又一村”的奇迹出现，不料在6月22日的《新闻联播》节目中却传来了萧老的噩耗！

萧老去世，我自然是深感哀痛的，但绝没有打算写什么纪念文章。原因之一是我跟萧老接触甚少，对他的作品又无研究，如今写这类文章颇有“借死者抬高活人”之嫌；二是我对萧老的印象并不单纯，直白地说，就是既有由衷敬仰之处，又有“略有微词”之点。作为文坛后辈的我有什么资格和理由对这样一位有民族气节的革命作家“略有微词”呢？说来可笑，这种印象是在读了萧红生前从未发表的《自集诗稿》之后产生的。“诗稿”中有 11 首题为《苦杯》的组诗，其中有这样一些凄苦的句子，如：“往日的爱人，为我遮避暴风雨；而今他变成暴风雨了！让我怎来抵抗？”又如：“泪到眼边流回去，流着回去浸食我的心吧！哭又有什么用！他的心中既不放着我，哭也是无足轻重。”读着读着，我的同情就自然而然倾斜到了萧红一边。此刻想来，我的这种情绪并不一定对头，因为情人之间的事情，局外人是难知深浅的，只要不危及社会，就不容他人置喙。更何况评价一位作家的功过应依据他的作品，不应该对跟作品不相干的生活细事说长道短。

我原不打算撰文为什么又会终于提笔？这完全是由于一位友人的督促。这位友人来信说：“我曾听萧耘谈起，困难时期，你曾专程探望过萧军，多少年后，老人提起仍感念在怀。……我想，这样一位受尽磨难却从未屈服的老人，是值得后人永远尊敬、怀念的。我以为这样做，同时也告慰了深知他的鲁迅先生的在天之灵。”读到这里，我的心再也无法平静，不写点什么就觉得坐卧不宁。

其实，我根本没有任何值得萧老“感念”的地方。我初访萧老，大约在1976年的大地震之后，访问的目的，也并不是出于对尚未落实政策的萧老的关怀，而只是因为我们单位承担了向中央提供“四人帮”（主要是江青、张春桥）历史问题的任务，于是专程到位于后海银锭桥畔的鸦儿胡同拜访“30年代人物”萧军，请他讲述在上海徐家汇菜地跟马吉烽、张春桥一伙打架的著名故事。那时，地震余波未尽，鸦儿胡同的居民全都在附近一所小学的操场安营扎寨，唯独萧老安然待在他的“蜗蜗居”，大有“我自岿然不动”之势。萧老寓所是一幢砖木结构的两层楼房，我去那天，楼下只有一只山羊在静静地吃青草，楼上只有一位精神矍铄的老人凭栏而立。他穿着背心短裤，足蹬一双拖鞋，脸膛方方正正，白发不长不短，像在演出一幕现代“空城计”——我在地震期间见到的这种不进抗震棚的勇士，除萧老外，还有曹老、乃超同志以及当年为刘和珍烈士洗过尸体的李慧大姐。我昂着头问："萧军同志在吗？"老人用洪钟般的声音回答："我就是，请上楼。"我爬上楼梯，进行了小半天的采访。临别前，萧老拽住我参观他的"蜗蜗居"。如果我没记错，所谓"蜗蜗居"其实是一个从墙里凹进去的壁橱，里面端端正正贴着鲁迅像，似乎还贴有一些诗词，气氛肃穆得近乎神龛。萧老家人口多，房间小，"蜗蜗居"就成了这位文坛骁将驰骋文思的"广阔天地"。萧老晚年的一批新著，就是在这间名副其实的陋室中诞生的。此情此景更增添了我对这位在厄运中顽强抗争的老作家的敬意。记得在这次谈话中，萧老还提到他在延安时期写了一批珍贵日记，其中说林彪没有大将风度，还说江青常提着破留声机四处寻人跳舞。这些历史的记录，使萧老在"文革"中吃了不少苦头。他被迫承认预言林彪不得善终是犯了"先验论"的错误。这46本日记被抄走后，听说转存到了街道办事处。我不知这批历史资料是否完好无损地保存下来了。

在这次会见中，萧老还委托我代购一些鲁迅著作，我并不费事地照办了。这年年底，萧老派萧耘取书，同时送来了一封短简，还有用钢笔直书的两首新作：

漱渝同志：

谨向您致谢——几次代买了鲁迅先生的著作。鲁迅先生40周年逝世纪念日，我写了两章旧体诗，兹录一份寄上，用作“报李”之义。《日记》请交萧耘带下。时间如有暇，希来我家谈谈，俾使我知道一些关于研究室工作开展情况，这是我所殷切关心者。

此致敬礼！

萧军　七六，十二月卅一日

两首诗作是：

鲁迅先生逝世周年有感二律

1936年10月19日——1976年10月19日

四十年前此日情，床头哭拜忆形容。
嶙嶙瘦骨余一束，凛凛须眉死若生。
百战文场悲荷戟，栖迟虎穴怒弯弓。

传薪卫道庸何易，喋血狼山步步踪。

无求无惧寸心参，岁月迢遥四十年！
镂骨恩情一若昔，临渊思训体犹寒！
啮金有口随销砾，折戟沉沙战未阑。
待得黄泉拜见日，敢将赤胆奉尊前。

七十岁小弟子萧军

萧老的旧体诗是很有根底的——鲁迅说他的旧诗比新诗好，但有些地方有名士气。这两首诗更热烈抒发了他对鲁迅“镂骨恩情一若昔”的赤诚之心，我读后深受感动，从中也学到了萧老受人桃李之惠而以琼瑶报之的为人之道。

除了跟萧老为数不多的直接交往之外，我跟他还有一点点间接而又间接的关系。众所周知，萧老蜚声文坛的代表作是鲁迅为之作序的《八月的乡村》，而他获得这部小说的素材却跟我的外祖父王时泽先生的经历有一点间接的因缘。我的外祖父是光复会的早期成员，跟秋瑾交谊甚笃，辛亥革命时期曾率领海军陆战队参加会攻南京之役。20世纪30年代，他在哈尔滨担任东北商船学校校长。当时，东北是日本的势力范围。日本帝国主义当然不乐意中国建立一支强大的海军，设立东北商船学校的目的，就是以学习商船知识为名，暗中为中国海军造就“将校之才”。大陆解放之后，原这所学校的学生有的在台湾担任了“总统府秘书长”“海军总司令”，也有人成了新中国海军的教官和航运部门的骨干。我外祖父任职期间，学校的数学教师就是解放后的水电部副部长冯仲云同志，学生中也有一批革命志士，如曾任青岛地下市委书记的高嵩烈士，曾任“第三国际”情报人员后来成为著名作家的舒群同志，还有“九一八”事变后跟杨靖宇烈士一起在磐石创建游击队的傅天飞烈士。

我外祖父多次谈到，傅天飞烈士在校从事地下工作时，被敌人发现，准备逮捕他。我外祖父是东北海军司令沈鸿烈的好友，特务要到学校抓人，不能不事前跟他这位校长打声招呼。外祖父于是把傅天飞找来，问他是不是共产党员。傅天飞摇头否认。外祖父说：“现在正准备抓你。你如果不是共产党员，那就不必理睬，如果真是，必须赶快逃走。”傅天飞这才红着脸（他因常红脸而被同学们称为“小苹果”）说：“我手头没有钱。”

我外祖父于是资助了一笔路费，帮助他逃离了商船学校。他后来的情况，外祖父就不很清楚了。直到解放后东北烈士纪念馆专门派人来长沙找我外祖父了解傅天飞的革命事迹，外祖父才痛心地获悉，这位当年的“小苹果”已为中华民族的解放事业而血洒白山黑水。

1980年，我到北京团结湖拜访舒群老伯，促动他怀旧的激情。我走后，他历时三个月，在记忆中搜寻半个世纪之前的峥嵘岁月，写成了一篇长文《早年的影——忆天飞，念抗联烈士》。文中谈到，1933年春夏之间的一天，傅天飞忽然闯进他暂住的商报馆，向他提供了一份宝贵材料——磐石游击队从小到扩大到大发展的过程。傅天飞生动艺术地描摹了磐石游击队惊天动地的战斗，可歌可泣的英雄人物和大无畏的精神，淋漓尽致地讲了一天一夜。傅天飞说，他这样做，是想留下两部“腹稿”，万一将来他们当中的一人牺牲了，剩下的那个就可以完成这部磐石游击队的史诗。然而，舒群却把傅天飞的“腹稿”转赠给了萧军，并邀傅天飞亲自前去向萧军重新讲述一遍。这次会见之后，萧军就根据傅天飞提供的真实材料，加上他本人军旅生涯的体验，再进行艺术虚构，终于在1934年完成了《八月的乡村》这部“很好的书”。我外祖父已于1962年作古，因为他生前做过一些有益于人民的事，受到党和政府的礼遇，但他当初绝没有想到，他对傅天飞的营救会对产生一部被誉为“抵抗日本侵略的文学上的一面旗帜”的作品，尽到微末的助力。

谈到对萧老的帮助和决定性影响，当然首推鲁迅先生。事实上，萧老一生的成就是跟鲁迅不朽的事业联系在一起的。萧老的讣告上，他的名字之前一共列有17个荣衔，从中反映出他的崇高声誉和广泛影响。假设有人提出一个苛刻规定：只允许保留一个头衔，我想，萧老九泉有知，他一定会毫不犹豫地从中择取一个——“鲁迅先生的忠实弟子”。

这种选择是恰当的。鲁迅后期接触的文学青年中，二萧无疑是他倾注心血最多的两位。这也可以说是二萧坎坷生涯中的最大骄傲和最大幸运。萧军是1934年10月初次给素昧平生的鲁迅写信的，信中就选择创作题材的问题向鲁迅请教，并希望鲁迅对萧红的《生死场》的手稿和他跟萧红合著的小说散文集《跋涉》进行批评。鲁迅即刻作复，同意审阅他们的文稿。这固然体现出鲁迅对文学青年奖掖教导的一贯作风，同时也表现出他对东北流亡青年的特殊关怀和对斗争的文学的密切关注。二萧的文学成就在今天自然是有口皆碑的了，但当他们刚步入文坛的时候，技术上可以说还未脱尽稚气。比如《八月的乡村》缺乏长篇小说应具备的环环相扣的严密结构，说明性的文字较多，居然对“狗的心思”作了臆测性的描写；在萧军的《职业》和《樱花》两文的原稿中，甚至还有少量的错别字。但是鲁迅不辞劳苦地为他们的作品润色、作序，精心安排他们跟上海著名的左翼作家茅盾等人见面，支持他们创办文学社团、自费印行作品。鲁迅不仅将萧军的小说推荐到跟他关系密切的刊物（如《文学》《太白》）和出版社（如文化生活出版社）发表和出版，而且还亲自将萧军的作品寄赠国际友人，使《八月的乡村》很快得以被译成俄文，短篇小说《羊》很快被译成日文。不到而立之年的萧军从此在国际文坛赢得了声誉。对于萧军和萧红这对苦难情侣来说，鲁迅的帮助恰如从腾腾滚滚的阴云缝隙中间闪射出的一缕金色阳光，又如茫茫无际的夜海上照射过来的一线灯塔上的灯光。

鲁迅在他短暂的一生中，呕心沥血培养的文学青年是很多的，但鲁迅与二萧的关系有其特殊之处。凡是细读过鲁迅书信的人就能发现，鲁迅致萧军、萧红的书信跟致其他人的书信有一个十分明显的区别，那就是谈处世之道——主要是处理文坛人际关系的内容特别多，既真诚又深刻。究其原因，一是因为二萧初到十里洋场的上海，人地两疏，鲁迅怀着“父爱”不能不切切叮嘱；二是鲁迅认为萧军虽然豪爽却失之于粗，正如毛泽东后来认为萧军“极坦白豪爽”却不注意调理人我关系一样，这就更需要有长者多提醒几句。萧军18岁就当骑兵，名副其实是行伍出身，据说他的二叔还当过土匪，所以朋友们开玩笑时常说萧军身上有一股“匪气”，萧军自己也引以为荣。鲁迅告诉他，“土匪气”很好，不必克服它，但乱撞是不行的，乱撞容易上当、受害，甚至简直连性命都会送掉。鲁迅以自己的切身体验推心置腹地告诫他：“上海有一批‘文学家’，阴险得很，非小心不可。”“他们会因一点小利，要别人的性命。但自然是无聊的，并不可怕的居多，但却讨厌得很，恰如虱子跳蚤一样，常常会暗中咬你几个疙瘩，虽然不算大事，你总得搔一下了。这种人物，还是不和他们认识好。”鲁迅深恶痛绝的“上海的文学家”，并非专指上海籍的作家，而是泛指那些从各处漂流到上海作恶的文人。他们花样多，手段常出人意料，尤其善于用各种学说和道理来粉饰自己的行为。他们造谣中伤别人，一旦对方反击，就反说别人“气量小”“好骂人”。鲁迅提醒二萧要警惕霞飞路上充当暗探的白俄和潜伏在上海工人区的特务，但更提醒他们要警惕这类虽有人面但无人气的文人。从后来的发展看，萧老虽然从鲁迅身上学到了许多东西，如铮铮硬骨，敢怒敢言，但在延安和东北时期，他仍然坦诚得近乎莽撞，以至于上当、受害，一生经历的生死关头有五六次，“十年浩劫”期间背心都被人打进皮肉里去。不过，对于萧老来说，这是不幸，抑或是别一种意义上的有幸？我不知道。我只是感到，萧军的声誉和成就跟他性格中的优点和弱点是胶结在一起的。可以说，没有了这些长处加短处，也就没有了一个真实的萧军，一个在文坛历次风暴中宁折不弯的萧军。

在“左”的政治路线的干扰下，一个真正的文人要想不泯灭人性、不磨灭个性地生存下来是一件不易的事情。如今，萧老已经安息，跟他的恩师鲁迅先生相会于九泉之下。他的亲友后辈在悲痛之余，聊可自慰的是，萧老的灵魂终于得到了净化和升华，不必再在历次运动的筛子眼中艰难地穿行。“但得能为天下雨，白云原自一身轻”——这是萧老半个世纪之前撰写的七绝《言志》中的两句。早在 20 世纪 30 年代，他就以文学的甘雨浸润了旧中国干涸的文坛；今天，他文学的雨露仍将滋润一茬接一茬的茁壮的文学新苗。这位坎坷、劳苦一生的老人真应该歇歇肩了。“白云原自一身轻”，愿萧老不屈的灵魂在无垠的宇宙中轻盈自在地飘浮吧——飘向他毕生梦寐以求的理想天国……

经磨历劫，倔强抗争

——悼川岛

1981年5月13日下午，我到北京大学开会，刚进西大门，就碰到一位中文系的老师。他用低哑的声音告诉我：“章廷谦先生故去了。”听到这个噩耗，我感到沉痛而并不突然。因为老人家被疾病折磨的时间已经够长的了。去年夏天，我跟子衍、朱正就到医院看望过他。那时他已患不治之症，整天辗转于病榻，仅靠两瓶酸奶度日，腿部肌肉已明显地萎缩，只是神智还很清楚，两眼仍然炯炯有神。我们对他讲了些慰安的话。临别时，老人家哭了。听说别人来探视时他也常是这样。我匆匆走出病房，不敢再回过头去。这就是我跟章先生的最后一面。

我不是章先生的“及门弟子”，跟他接触的机会也不算多。但是早在中学时代我就从杂志上读到过他文情并茂的回忆鲁迅的文字。当时我不懂他为什么要用“川岛”这个古怪的笔名，害得有人错把他当成日本人。后来才听说，原来他1922年从北京大学哲学系毕业之后即留任助教，在校长办公室工作。有一次，日本学者片上伸来北大讲学，由他担任记录。事后，《晨报》副刊要发表这篇讲稿，记录者亦需署名。这时，他正在谈一本日本小说《不如归》，就随便把书中主人公川岛的名字当作了自己的笔名。后来，他虽然还用“侔尘”“肖度”“蒉蹊”“张穆熙”等笔名发表过文章，但使用最多、为广大读者所熟知的还是“川岛”这个笔名。

大约是1975年，我想挤出点业余时间自学鲁迅，又深怕自己的文章被纳入“四人帮”反党篡权的政治轨道，于是便打算研究鲁迅北京时期与文艺社团的关系这类不“触及”时事的问题。为此，我尽可能请教了一些尚健在的鲁迅生前友好，其中对我帮助最大的是未名社的元老之一李霁野老师。有一次，李霁野老师来函，大意是说有关未名社的问题，他已就其记忆所及提供给我了，语丝社的问题最好还是请教一下川岛先生。为了提携后进，李老师在百忙中以老友的身份给章先生写了一封信，请他给我以指导。我把李老师的介绍信连同自己的请教信一并寄给了章先生，但结果是渺无回音，我在失望之余也觉得有些不可解。后来解开这个疑团的还是章先生本人，原来这封地址上写明“北京大学中文系办公室转交”的信件他根本没有收到。在清队中，他是作为“历史反革命分子被处理的，因为他断然拒绝承认那些“莫须有”的罪名，又被“军宣队”定成了从严的典型，致使自己和家属遭受了残酷的迫害：妻子瘫痪，儿子跳楼，自己被勒令扫楼道。那是一个是非颠倒、黑白混淆的年代，有冤无处伸，有理无处说。不过，由于章先生的“顽抗”，落实政策的时候问题倒解决得比较彻底，强加于他的诬蔑不实之词统统被推倒了。章先生后来对我说，另一位老先生因此很羡慕他。因为那位老先生一时屈于压力，违心地承认了一些并不存在的事情，所以“落实政策”时就拖了一条“尾巴”。我想，在受“四人帮”直接控制的“军宣队”的压力下，居然能够凛然不惧，“顽抗到底”，毕竟不是一件容易的事情，这恐怕也跟鲁迅的“硬骨头”精神和求实精神的熏陶不无关系吧？相形之下，那种靠陷害他人保全抬高自己的“学者”“文人”，真是显得可怜而又可鄙。

我初次见到章先生，是在1976年9月的一天下午。那正是“四人帮”覆灭的前夕，章先生的问题还没有得到解决。我们这次会面是通过组织联系的，内容是谈语丝社的情况。可能出于“革命警觉”，还安排了两个“旁听者”，这使我感到有近乎探监的味道。不过我们确实是在谈学问，那两个“旁听者”因此越来越提不起精神，大约半个小时之后就走了，谈话的气氛便逐渐活跃起来。

我首先问到了《语丝》名称的由来。这是一个众说纷纭的问题。有人说《三字经》中有“蚕吐丝”的句子，在蚕为“吐”，在人为“语”，“语丝”二字即由此而来。有人说，丝是极细之物，用“语丝”作为刊名，含有人微言轻的意思。还有人说，“语丝”二字是取《礼记·缁衣》中“王言如丝”的典故。章先生以当事人的身份明确回答说：

“‘语丝’这两个字似通非通，似可解也不甚可解，原是语丝社开成立会时从《我们的七月》这本杂志中随便翻点的，没有什么微言大义，大可不必去探微索隐。”

我问：“关于语丝社的长期撰稿人，有两个名单，一个见诸《语丝》的石印广告，计有鲁迅、钱玄同、江绍原、章川岛、王品青、李小峰、孙伏园、顾颉刚、曙天女士、淦女士、斐君女士、林兰女士、春台、林语堂、章衣萍、周作人等 16 人。而荆有麟的《鲁迅回忆》一书也提供了一份名单，其中有 11 人与《语丝》广告所载相同，另有 5 人不同，即没有提到斐君女士、曙天女士、淦女士、林兰女士和春台，而写的是魏建功、许钦文、俞平伯、张定璜、刘半农。不知哪种说法准确？”先生说：“荆有麟的说法不准。刘半农当时在法国，许钦文跟《语丝》没有什么关系，魏建功、俞平伯、张定璜都不算《语丝》同人。不过，《语丝》广告上所列的长期撰稿人，有些是并不常写文章的。斐君女士是我的爱人，吴曙天是章衣萍的爱人，林兰女士是李小峰的爱人，淦女士（冯沅君）当时是王品青的女朋友。把她们的名字都列上，只是为了显示实力的雄厚。实际上《语丝》真正的长期撰稿者不过五六人罢了。”

记得当时有一篇研究《语丝》的文章，说语丝社内部存在两条路线斗争，即以鲁迅为代表的“正确路线”和以周作人、林语堂为代表的“错误路线”的斗争。在这次会见时我请章先生谈谈他的意见。章先生笑笑说：“路线斗争是党内的概念，我们当时根本没有接触过这个名词。不过《语丝》的撰稿人在政治上固然有共同点，也确实存在分歧，相同之处大概是胆子大一点，想反抗黑暗，敢于说一些别的刊物不敢说、不能说的话，但在一些具体问题上又并不一致。我举几个例子。高君宇是从苏联归国的共产党员，我的中学同学。他死后，我写了一篇悼文交给《语丝》。周作人看后说色彩太浓，不予刊载。钱玄同当时在师范大学教书，家住马神庙大学夹道，下课回家要经过青云阁。青云阁是前门外观音街的一家商场，楼上有茶座，楼下有书摊。钱玄同在书摊上看见新书就骂。有一回他看到一本蒋光慈写的书，就愤愤然骂了半天。还有林语堂，当时拼命往'现代评论派'一边靠，但'现代评论派'不要他。"

最后，我问到鲁迅跟顾颉刚之间的矛盾为什么会这样尖锐。章先生说："从政治上看，顾颉刚当时不仅对共产党没有认识，而且开始对国民党也持反对态度。在为人方面，鲁迅对他很鄙薄。林语堂任厦门大学文科主任之后，曾经安排我担任厦大国学研究院出版所干事。这是一个肥缺，一年能领到五万块钱经费。顾颉刚当时任厦大国学研究院教授，对这一安排表示不满，就到林语堂跟前说我的坏话，要语堂对我提防一点。听到这种情况，周作人劝我别去厦门了，但鲁迅却要我偏去。不料，我抵达厦门之后，顾颉刚马上换了一副面孔，给我送来两碗牛肉菜花表示欢迎。鲁迅听到这件事更加生气，不愿跟他为伍。当然顾颉刚也要用发展观点看，我讲的不过是当时的情况。”

这次见面时，我跟章先生还谈了一些有关语丝社的琐细问题，不知不觉时近黄昏，尽管谈兴犹浓，为了照顾章先生的身体，我只得起身告辞了。

打倒“四人帮”以后，我又直接到章先生家去拜访过他几次。那时他没有搬到北大蔚秀园，还住在中关园低矮狭小的平房里。去时他正在挥笔答复各地鲁迅著作注释组提出的问题。他说对他落实政策了，但是还没有必要的工作条件，手头连一些常用的书都没有，虽想写点东西但又无法动笔。这次见面，我主要请他谈鲁迅与周作人决裂的导因问题。自“五四”运动之后，鲁迅与周作人之间思想上的分歧确实日见明显，不过这似乎还不足以导致他们手足之情的破裂。如果单纯强调他们政治思想上的分歧，那为何他们发生冲突的前不久，兄弟二人还同游商场，同逛书店，同下饭馆呢？为什么决裂的第一步是由周作人迈出，鲁迅“欲邀问之”而周作人又“不至”呢？为什么鲁迅当时跟意见并不尽同的林语堂还保持着“老朋友”的关系，而跟周作人却成为参商呢？为什么兄弟失和之后又仍然在语丝社协同战斗呢？当然，我还听到过一些其他的解释：如有人说他们失和是因为鲁迅无意中拆阅了周作人的信件；有人说是因为周作人的女儿若子被日本人在北京开设的山本医院误诊致死，而鲁迅对山本医院的院长山本贤孝却仍然很信任，引起周作人的不满，等等。众说纷纭，莫衷一是。于是我便摆出来请教章先生。章先生说：“他们兄弟吵架的起因是周作人听信他的日本老婆羽太信子的谗言。羽太信子亲口对我讲，鲁迅在她的卧室外面听窗。这不仅是对鲁迅人格的诬蔑，而且不合理，因为当时她的窗下遍栽着花木，根本没有立锥之地。其实主要是经济问题：羽太信子挥霍成性，糟踏了鲁迅的血汗钱还不知足，竟然恶语伤人以泄私愤。他们吵架之后，周作人拿出一篇题为《破脚骨》的短文给我看，‘破脚骨’在浙江方言中是流氓的意思。周作人就是这样昧于事理。鲁迅当年对他爱护备至，他却恩将仇报。”鲁迅与周作人失和前后，章先生是八道湾的常客，跟鲁迅、周作人双方都有来往。他的解释，我想至少可以聊备一说吧。鲁迅与周作人的决裂，事实上已成了不少人关注的问题。与其让某些别有用心的人散播流言蜚语，倒不如将一些知情人的说法公诸于众，让大家分析判断。鲁迅的文章道德是铁铸一般的客观存在，绝非谎言谣诼所能摇撼的。

1977年以后，章先生又开始在报刊上发表文章。当我在《人民日报》上读到他的《读〈鲁迅日记〉杂记》等文之后，真是感到有如老树新花，别有一番香色。我是多么希望他能在有生之年提供出更多的有关鲁迅研究的“活资料”以弥补文献记载之不足呵！在此期间，我还就有关新月派、现代评论派的问题写信向他求教，每次都及时得到了他的函复。直到重病不能握笔时，他还请他的外孙朱泰同志代复我提的问题。每当收到他从蔚秀园寄来的那一封封认真不苟的复信，我都是发自内心地感激。他信中提供的一些宝贵资料，我曾写进《关于“现代评论派”的一些情况》一文，发表于《中国现代文学研究丛刊》1980年第4辑，故在此不再赘述。章先生在《大师与园丁》一文中曾经谈到，如果青年们有事给鲁迅去信，他一定写回信；有去找他的，他也总接见。“他的爱护青年、重视青年、为青年们服务，也就是他为祖国服务的一部分。”我想，章先生对我的关怀教导，不正是他学习鲁迅精神培养青年的一个实例吗？杜甫《春夜喜雨》一诗中有“随风潜入夜，润物细无声”的句子。章先生和其他一些前辈学者不正是在默默中用知识的春雨滋润着后辈学子的心田吗？我们这些在“十年浩劫”中知识濒于干涸的中青年人，是多么需要这种及时的春雨呵！

今年是鲁迅诞辰100周年。令人痛心的是，作为鲁迅同乡和生前友好的章先生，竟不能跟我们一道隆重纪念这个日子了。但是鲁迅的光辉品格是必将感召着一代又一代尊重他的人们的。鲁迅的宝贵遗教是必将为一代又一代景仰他的人们所遵循的。我想，这就是对鲁迅的最好纪念，同时也可以告慰章先生的在天之灵。

在“十年浩劫”中饱经忧患而始终不屈的倔强的老人，愿您安息！

绝学垂后世，德范昭替人

——悼鲁迅研究家林辰

在抗击（对于老百姓来说准确的用词是“躲避”）非典的严峻日子里，每天都看到人性迸发出的灿烂火花，你会在不知不觉间泪流腮边，心灵一次又一次受到洗礼。与此同时，又有那么多让人揪心的事情从报纸扑入眼帘：森林大火，矿井透水，松花江断流，潜水艇失事。在刚果（金），一百多名乘客被气流吸出机舱从高空坠落；在阿尔及利亚，数千人因地震在突如其来的瞬间葬身瓦砾……这一切，又让你觉得人活着竟如此之艰难！为了自身和他人的安全，北京人自觉保持了一米五的距离，婉谢递烟，拒绝握手，连乘坐公交车都成了勇者的壮举。亲友之间沟通情感的主渠道是电话——贴着话筒互报平安，互致问候；有时也会交流来自“大道”和“小道”的信息。信息有真有假，消息有好有坏。比如5月2日上午，我就连续接到三次电话，电话中报告着同一噩耗：林辰先生于5月1日凌晨病逝，在劳动节终结了他辛劳的一生。

对于先生的死，我并不感到突然，因为他已届91岁高龄，近三年缠绵于病榻，前不久又因脑软化不省人事。但他选择在抗非典这样一个严峻的时刻辞世，又使我感到万分遗憾。因为胆怯，5月5日那天我没有去八宝山为老人家送行，只是长时间在凉台肃立，目送先生驾鹤西去，心中默诵着“想见仪容空有影，欲闻教诲杳无声”的挽联，泪水不禁又夺眶而出。

在鲁迅研究界，林老是一位年高德劭、有口皆碑的人物；但在圈外，了解他生平业绩者恐怕寥寥无几。一般读者只知道鲁迅研究是当今一门显学，而《鲁迅全集》是现代中国的一部百科全书，为有志于中国改革者所必读；但他们哪里晓得，无论是1958年版《鲁迅全集》，还是1981年版《鲁迅全集》，无不渗透了林老的心血。特别是1958版《鲁迅全集》，其中的《故事新编》《华盖集续编》《而已集》《准风月谈》《两地书》和一部分书信又主要是由林老负责注释的。这些注释本身同样带有百科全书性质，只有精通杂学者方能为。在古代，所谓杂学是指正统八股文之外的杂览，包括普通诗文、子部杂家，也包括其他一些冷僻的文化史料。鲁迅是一个学贯中西而又社会交往极其复杂的人物，不谙熟杂学，要注疏他的作品是一件不可思议的事情。

林老的学识可谓浩瀚无涯，当今很多学人难以望其项背。他说："我平时读书很杂，尤爱读文史类书。举凡有关作家与作品的传记、年谱、逸事以及其他一切资料、掌故，我都爱读。"所以，他才能回答和解决一般学者未曾涉猎过的大量冷僻问题。比如，在"老虎尾巴"故居中悬挂着一幅鲁迅从《离骚》中集录的条幅："望崦嵫而勿迫，恐鹈鴂之先鸣。"但一般观众却对条幅书写者乔大壮知之甚少。而林老不仅从潘伯鹰撰写的《乔大壮先生传》中了解到他的生平行状，而且还收藏了乔先生所撰诗集《波外楼诗》和词集《波外乐章》。又比如鲁迅为筹办《新生》杂志而邀集的同人中有一位袁文薮，连作为《新生》同人之一的周作人也不知道他当时学的是什么，而林老却根据《文薮自撰年谱》掌握了他的生平，订正了他的生卒年，并评介了他的词集《香兰词》。袁嘉谷，宣统元年（1909）10月曾任浙江提学使。只因为他跟鲁迅参加的“木瓜之役”有关，曾罢免鲁迅跟其他进步教师共同反对的杭州两级师范学堂监督夏震武，林老就长期留意搜寻他的史料，并购置了他的几乎全部主要著作。在注释《鲁迅全集》的过程中，林老被誉为“活字典”，同人每遇到困难总是找他释疑解惑，就是因为他的知识积累如此之丰厚。

林老治学以实事求是、祛疑求真为准则，在史料考证过程中广参互证，追根求源，察疑正误，洞若观火。他既继承了乾嘉考史方法，又接受了西方近代实证史学的影响，在鲁迅研究界独树一帜。比如周作人否认鲁迅在清末参加过光复会，而林老却根据鲁迅本人的著作，许寿裳先生提供的证言，沈瓞民、冯雪峰、胡风的回忆，以及经鲁迅亲自修订的增田涉所著的《鲁迅传》，有力地反驳了上述说法。又如李长之的《鲁迅批判》一书将鲁迅留日归国的年份说成是1910年，而林老却通过翔实考证确定为1909年，彻底解决了这个牵一发而动全局的问题。林老待人谦和，言谈话语中从不臧否人物，但对于在运用史料过程中存心作伪的不良作风，他却嫉恶如仇。像《辟史天行关于鲁迅的几篇文章》这类辨伪辟谬的文字，一般读者很难想象会出自林老这种谦谦君子之手。

在商品大潮的猛烈冲击下，当今学界蔓延的时疫是急功近利。浮躁者多，沉静者少。置身于这种文化环境，林老的著作不啻为一帖清醒剂和疗治学风的良方。比如鲁迅在《而已集·略谈香港》一文中说："我记得蒙古人'入主中夏'时，裁判就用翻译。一个和尚去告状追债，而债户商同通事，将他的状子改成自愿焚身了。官说道好，于是这和尚便被推入烈火中。"在1958年版《鲁迅全集》中，林老以《古今谭概·谬误部》的一则记载作为出典，但《古今谭概》是明代冯梦龙编辑的一部子书，距离故事发生的年代过于久远。经过锲而不舍的努力，林老终于在宋代李心传所编著的《建炎以来系年要录》卷十八中找到了这则故事的最早出典，又从宋代洪皓的《松漠纪闻》中找到了类似记载，于是在事隔二十余年后重新修订了这条注释。又比如鲁迅整理校勘的五十部古籍中，成就最大、最值得我们重视的是辑录汉代至隋代散佚小说36种的《古小说钩沉》。然而，鲁迅只给我们遗留了10册未经最后整理的稿本，全书不仅无序跋，无目录，不分卷，而且每种之下亦不著作者名氏。为了方便读者研究参考，林老经过了近半个世纪的潜心研究，终于澄清了这部书的辑录年代，考订了各书作者的生平事迹，并根据鲁迅所撰的《〈唐宋传奇集〉序例》及北京图书馆所藏的《小说钩沉目录》三张手稿，准确推断出了鲁迅计划中《古小说钩沉》的原貌，纠正了长期沿袭的《古小说钩沉》只分四部的错讹。今天，读者能从人民文学出版社出版的《鲁迅辑录古籍丛编》中读到这部经过辨析爬梳而变得体例谨严的古籍，但一般读者（包括不少鲁迅研究者）并不知道林老为之度过了无数个呕心沥血的日日夜夜。

由于林老治学过于谨严，惜墨如金，所以他以个人名义出版的专著并不多。据我所知，1948 年 7 月开明书店出版过他的一本薄薄的《鲁迅事迹考》——上海新文艺出版社和人民文学出版社于 1955 年、1981 年先后再版。1986 年 6 月，人民文学出版社又出版过他的一本同样不厚的《鲁迅述林》，其中有解放前的旧作，也有解放后为数不多的新作。此外，他还选编了一部《许寿裳文录》，于同年 9 月由湖南人民出版社出版，作为对曾经奖掖扶植过他的这位谦和慈祥、须发皤然的长者的回报，并偿还 30 年前一笔心灵的债务。不过，就是这些为数不多的著作及其他一些零星的散佚文字，却成了鲁迅史料学的开山奠基之作，并在治学态度、治学方法诸方面为后学树立了楷模。林老在为拙作《五四文坛鳞爪》撰写的序言中，说我的文章“可以说都是拱卫着一部中国现代文学史而写的，是构筑这样一座壮丽殿堂所需要的梁木和础石”。对于我而言，林老的以上这些话是对晚辈的鼓励溢美之词；而对于他本人，却可以视为一种相当准确的自评。比如，《鲁迅与文艺会社》《鲁迅与狂飙社》《鲁迅与莽原社》诸文，实际上是中国现代文艺社团史或文艺思潮史的雏形；《鲁迅赴陕始末》《鲁迅北京避难考》等文，实际上是鲁迅传记中不可或缺的章节；《鲁迅演讲系年》则更为鲁迅研究开辟出一个全新的领域。林老从事鲁迅研究时还是一个二三十岁的青年，因战乱由贵州流亡到四川，生活在参考书籍极度缺乏的偏僻乡镇。他在《鲁迅事迹考》1981 年版的《后记》中写道：“回首当年，我出于对鲁迅著作的爱好，出于对鲁迅精神和人格的景仰，一面学习，一面写下了这些东西，不是为了趋时，不是追求名利。那时候研究鲁迅还没有成为一种时尚，并且鲁迅及其著作，在反动势力的眼里，是危险和可怕的；收藏一本红色封面的《呐喊》，就可以招致种种惨酷的灾难，更何况写文章歌颂鲁迅、研究鲁迅。”林老的这一学术经历再次证明，奇迹往往是在令人不可思议的艰难困厄中诞生的。

我跟林老交往长达二十余年。我跟他相处，有“怡然见父执”之感；而他却视我为小友，即忘年之交。他曾说，他跟我治学的兴趣大致相同，所以有话可谈，彼此晤对，既享切磋之益，又获漫谈之乐，令人愉快。其实切磋是谈不到的，准确地说是我在聆听教诲，只不过没有立雪程门那种凝重的气氛罢了。有一次谈到鲁迅对高长虹的亲切关怀以及高长虹的反目成仇，林老不禁感慨系之。他说，高长虹的杂文集《心的探险》一书1926年由北新书局出版，鲁迅不仅为之审定、校字，而且亲自设计封面。目录页后有一句“鲁迅掠取六朝人墓门画作书面”，就是鲁迅本人写的。林老认为“掠取”二字既自谦又幽默，同时表达了鲁迅对六朝石刻造像艺术的高度评价。林老用浓重的贵州口音和加重的语气强调“掠取”二字的情景，至今历历犹在目前。又有一次谈到许寿裳先生尊师重道，特别提到他的《〈宋平子先生评传〉序》。林老说，许先生对人物的描写真可谓写意传神，如形容宋平子：“先师魁硕，貌古朴，多须髯，两目幽郁若失精，望而知为悲悯善感之人。”林老背诵这段文字时，恰似鲁迅笔下的塾师寿镜吾，不仅两眼微闭做陶醉状，“而且将头仰起，摇着，向后面拗过去，拗过去”（《朝花夕拾·从百草园到三味书屋》）。林老还提到宋平子的自评：“我目勤，耳勤，口勤，脑勤。目勤故好博览，耳勤故好多闻，口勤故好深论，脑勤故好覃思。惟手独懒，故少著书。”不知林老援引这些话，是否有自况和苛责于己之意？古人云：“快意之事莫如友，快友之事莫若谈。”跟林老交流，是对这句话的最好验证。

林老的生活是清苦的。一间 14 平方米的小屋是他栖身的卧室、书斋兼客厅。室内除一张硬板小木床、两把旧藤椅、一张小书桌外，就是杂乱堆放着的书刊；只有一台极普通的电视机散发出些微的现代气息。在一篇介绍林老的文章中，我曾用“环睹萧然”四字形容过他的陋屋，但这篇未留底稿的文章在投寄某杂志后竟杳如黄鹤。后来我又写过一篇《伤感之行》，抒发我给林老等几位老专家拜年之后的感慨，但报纸刊出时题目却被改成了《甘于清贫的老人》，让我阅后哭笑不得。虽然早在三国时代，智多星诸葛亮就留下了“静以修身，俭以养德；非淡泊无以明志，非宁静无以致远”的家训，但改善像林老这种贡献卓著的老专家的生活待遇，在今后全面实施人才战略的过程中还是一件亟待解决的事情。因为这不仅是为专门家提供必要的工作条件，而且还在分配领域体现了一种社会主义制度必须贯彻的公平公正原则。

记得1992年5月19日，我曾经操办过一次“林辰从事学术活动五十周年座谈会”，以祝贺他的八十华诞。与会者一致赞扬他待人谦和、诲人不倦的精神和“戒浮言、重实证”的学风。林老那天显得精神矍铄，神采奕奕，对来宾的盛情表示了由衷感谢。此后他几乎再未在公众场合露面。如今，林老撒手尘寰，永远离开了他挚爱和挚爱他的人们，给后人留下了永恒的忆念和巨大的哀痛。对于我来说，更是失去了一位知我、爱我、关怀提携我的师长。静夜独坐，缅怀先师恩泽，一种人琴俱亡之感从心底油然而生。刘勰在《文心雕龙》一书中曾经感叹：“知音其难哉！音实难知，知实难逢，逢其知音，千载其一乎！”我想，在我的生涯中，尽管经历了无数坎坷顿挫，雪雨风霜，但能亲炙林老的教诲，亲聆林老的謦欬却是一种特别的幸运，种种不公不幸，都可以从这种际遇中得到补偿和慰藉……

我在花篮里插上了百合

——怀念戈宝权先生

1998 年深秋，趁参加“鲁迅赴宁求学 100 周年学术讨论会”之机，我专程去南京后半山园的福贵山探访了重病中的戈宝权先生。我不知道他想吃点什么，能吃点什么，便只送了一个大花篮。我特意在花篮里多插了几枝百合。因为过去读戈先生翻译的书，知道在俄国，爱凋谢的玫瑰常作为青春易逝的象征，而与玫瑰相对立的百合花，则象征着永不凋谢的美和生命力。所以，我特意将这些美丽的百合花敬献给这位在 20 世纪 40 年代就受到毛泽东同志赞誉的“俄国文学专家”。

骨瘦如柴的戈先生躺在一张窄窄的木板床上，他患帕金森氏综合症已经有好几年了。一位老保姆把他从昏睡中推醒。他眯着眼睛对我笑笑，似乎表示还能记得起我姓甚名谁。看到我捧来的花篮之后，他干枯的双唇又抖动了一下，我感觉到是在说“谢谢”。我俯下身，动情地跟他贴了贴脸，又在他耳边说了些多多保重的话，便赶紧扭过头，匆匆离开了他的病房。这时，一行行热泪禁不住涌出了我的眼眶……

在少年时代的我的心目中，戈宝权这三个字简直跟传奇英雄的名字一样响亮。这不但因为他通晓英、法、日、俄乃至西欧、东欧一些国家的语言文字，而且因为他在莫斯科红场看见过罗曼·罗兰夫妇，又曾瞻仰过高尔基和奥斯特洛夫斯基的遗容。他翻译的《假如生活欺骗了你》《致恰尔达耶夫》《致西伯利亚的囚徒》《我曾经爱过你》《渔夫和金鱼的故事》等诗歌，陪伴我度过了一生中最为纯真、最富激情的岁月，对陶冶我的情操，净化我的灵魂，培养我健康的审美趣味发挥了不可估量的作用。即使年近花甲，每当在生活中遇到坎坷挫折时，我心中仍然会涌动出他翻译的那些脍炙人口的诗句：“假如生活欺骗了你，不要悲伤，不要心急！阴郁的日子须要镇静。相信吧，那愉快的日子即将来临。”

回忆起来，我跟戈先生的交往，可以追溯到 24 年之前。那是“文革”的后期。虽然当时的文化园圃还是万树萧森、芳荃零落，但是在“读点鲁迅”的最高指示的庇护下，鲁迅研究已逐步开始合法化。既出于对鲁迅发自内心的崇敬，也囿于当时的形势，原来翻译俄国文学的他和原来研究中国古典小说的我，几乎同时把兴趣转向了鲁迅研究。在自学鲁迅作品的过程中，我自然遇到了不少拦路虎，尤其是涉及鲁迅作品中出现的外国作家、外国文学典故，我产生疑惑的地方更多。这时我首先想到的就是请教学生时代就在上海内山书店见到过鲁迅的戈先生。我想，他一定能够用“函授”的方式来为我传道、授业、解惑。于是，我冒昧地给他开列了一连串的问题，希望这位百科全书式的学者能够逐一解答。

果然很快就收到了戈先生的回信，现在保存的第一封的落款所署的日期是 1975 年 8 月 3 日。这封信解答了对俄国盲诗人爱罗先珂的评价，世界语在中国的传播等问题，尤其是揭露了沈鹏年辑《鲁迅研究资料编目》的错误，使我得以对这部以工具书面目出版而错漏百出的书开始保持警觉。在《准风月谈·帮闲法发隐》一文开首，鲁迅引用了丹麦哲学家吉开迦尔（通译为克尔凯郭尔）的一段话：“戏场里失了火。丑角站在戏台前，来通知了看客。大家以为这是丑角的笑话，喝采了。丑角又通知说是火灾，但大家越加哄笑，喝采了。我想，人世是要完结在当作笑话的开心的人们的大家欢迎之中的罢。”我在信中还曾询问这段话的出处。戈先生在信中告诉我，他为此查阅了《鲁迅日记》和鲁迅博物馆内部编印的《鲁迅藏书目录》，但一时还未得出准确的结论，还需要继续查阅鲁迅藏书。当我读到这封长达四页、写得密密麻麻的复信时，那种感激的心情真是难以言表。须知，我当时不仅是一个未露头角的青年人，而且还是一个为世俗偏见所轻视的中学教师。戈先生对我循循善诱，不正体现了一个大学者“有教无类”的崇高风范吗？此后，我们之间的通信更加频繁，大约一直延续到 20 世纪 80 年代中期。

在《我怎样走上翻译和研究外国文学的道路》一书中，戈先生写道：“从 1976 年起，我参加了注释《鲁迅全集》的工作。”这一工作当时是由全国各地数百名专业和业余的鲁迅研究者、爱好者共同承担的。在注释过程中，向戈先生请教各种问题的人更多。有人告诉我，京、津、唐大地震期间，人民文学出版社的“鲁编室”临时借用位于北京宣武区虎坊桥诗刊社的房子。那时，戈先生常在院子里摆一张桌子办公，向他请教往往要排队，就像病人等待就医一样。他那种诲人不倦的精神，给大家留下了十分深刻的印象。

谈起戈先生对鲁迅研究的贡献，我以为主要表现在以下几个方面。首先，他指导、协助福建师范大学的温祖荫教授编审了《鲁迅译文序跋集》，现已收入1981年版《鲁迅全集》第十卷。这部全集的特色曾用“收集比较齐备，校勘比较精确，注释比较详尽”三句话来进行概括。新编《鲁迅译文序跋集》就极大地丰富了新版《鲁迅全集》的内容，集中体现了“全集”编注者谨严的学风。

戈先生对鲁迅研究的另一贡献是通过大量查阅鲁迅藏书和其他典籍，注明了多处鲁迅作品中援引的外国文学作品的出处。比如，他终于在吉开迦尔《忧愁的哲理》一书的日文译本中找到了《帮闲法发隐》中的那段引文，在叶遂宁（现通译为叶塞宁）的《约旦河的鸽子》一诗中找到了鲁迅引用的两句：“我的母亲——是祖国，我是一个布尔塞克。”又在同一诗人的《天上的鼓手》中找到了鲁迅引用的“地上和天上的革命万岁”这句诗的出处。可以毫不虚夸地说，以上这些长期困扰鲁迅研究者的问题，只有戈先生这种学贯中西的通才才能解决。

戈先生对鲁迅研究第三个方面的贡献，是在国内保存的残缺不齐的日文《北京周报》中，发现了鲁迅用日文自译的小说《兔和猫》，以及鲁迅的三篇谈话：《关于猪八戒（与本年的干支的关系）》《“面子”和“门钱”》和《教育部拍卖问题的真相》。这三篇文字，为此前鲁迅作品中所未见，虽系谈话，但多半经过鲁迅审阅，因而跟鲁迅佚文具有相当的价值。

戈先生对鲁迅研究的第四方面贡献，是比较系统地研究了鲁迅跟外国友人的关系。如鲁迅与史沫特莱、埃德加·斯诺、内山完造、山上正义、罗曼·罗兰、爱罗先珂，他都提供了系统而又新颖的材料。戈先生这方面的工作既是一种比较研究，又为中外文化交流史提供了千古佳话和珍贵史料。记得1976年夏天，一位教师讲授《为了忘却的纪念》时，对文中的一句话有些不解：“有一次大会时，我便带了一本德译的，一个美国的新闻记者所做的中国游记去送他，这不过以为他可以由此练习德文，另外并无深意。”这位老师不知道这位记者是谁，这本书书名是什么，我解答不了这个问题，只好转询戈先生。当时戈先生虽因大地震避居在外，仍专程到北京图书馆查到了这本书的英文原本，即安娜·路易斯·斯特朗1928年写的《中国的亿万人民》，译成德文时书名改为《中国游记》。戈先生在同年8月17日给我的信中，对此做出了非常详尽的解答。这封复信，实际上是篇学术文章。

戈先生对鲁迅研究的贡献之五，是出版了两本鲁迅研究方面的专著。一部是《鲁迅在世界文学上的地位》，陕西人民出版社1981年7月出版。这是戈先生在美国“鲁迅及其遗产学术讨论会”的发言。这本书虽然是一本小册子，但内容厚实，文字浓缩，全面介绍了鲁迅译介外国文学的贡献，鲁迅与外国作家的交往与友谊，世界各国对鲁迅著作译介的状况，以及各国作家和学者对鲁迅的评价与研究。在鲁迅研究史上，戈先生的这种研究既有开创意义，也有奠基意义。另一部书名为《〈阿Q正传〉在国外》。众所周知，《阿Q正传》这部小说不仅奠定了鲁迅在中国现代文学史上的地位，同时也使鲁迅赢得了崇高的国际声誉。鲁迅笔下的阿Q跟莎士比亚笔下的哈姆雷特、塞万提斯笔下的唐·吉诃德一起，毫不逊色地走进了世界文学史上著名的典型人物画廊，但《阿Q正传》在世界各国流布的情况，同样只有像戈先生这样的外国文学大家才能厘清脉络。

在研究《阿Q正传》外文译本的过程中，戈先生还澄清了长期以来一些以讹传讹的问题，其中包括鲁迅本人的误记。如鲁迅在《〈阿Q正传〉的成因》中说："至于《阿Q正传》的译本，我只看见过两种。法国的登在8月份的《欧罗巴》上，还只三分之一，是有删节的。"经戈先生查证，《阿Q正传》最早的法文译文是分两期发表在1926年5月份和6月份的《欧罗巴》杂志，而不是发表在8月份的《欧罗巴》杂志。他还查证，柏烈威（A.C. Полевой）把《阿Q正传》译成俄文的想法并未实现，卢那察尔斯基肯定没有给《阿Q正传》的俄译新版撰写序言；王希礼（Б. А. Ваоилвев）和科金（М. Д. Кокин）先后用俄文翻译的《阿Q正传》初版本总共才印行了8000册，从未出现过一个月内售出100000部的盛况。法捷耶夫也从来没有翻译过《阿Q正传》。这就纠正了山上正义、内山完造等人回忆录中的一些错误。

回想起来，戈先生发表这组介绍《阿Q正传》外文译本的文章，跟我还有一点浅浅的关系。大约是1976年初，当今颇负盛名的中国古典文论研究专家罗宗强主编天津的《南开大学学报》。因校友张小鼎推荐，罗宗强约我在该学报开辟《鲁迅研究资料》专栏，两个月供一篇稿，报酬是 20 本样刊。我连续写了几篇，颇感学力不济，专栏难以坚持，便请戈先生鼎力相助。这样，戈先生的《谈〈阿 Q 正传〉的英文译本》一文就在《南开大学学报》1977 年第 4 期上跟读者见面了，在国内外得到广泛好评。此后，罗宗强便经常向戈先生约稿，促使他又写出了关于《阿 Q 正传》的法文译本、俄文译本、日文译本和世界语译本等文字。这些文章收集起来，就成了《〈阿 Q 正传〉在国外》一书的主体部分。

当然，戈先生对鲁迅研究的贡献并不局限于以上粗粗概括的五点。比如，我们编撰《鲁迅大辞典》时，曾请戈先生撰写一些介绍鲁迅著作外文译文的词条，戈先生放低手眼，慨然允诺，亲自介绍了一些鲁迅作品的斯洛伐克文、丹麦文、塞尔维亚文、冰岛文的译本。遗憾的是，这部辞书经磨历劫十余载，始终未能跟读者见面，而该书的主编和数名编委却先后作古。看来，重病中的戈先生在有生之年，恐怕是难于看到这部凝聚着他心血的辞书公开问世了。

谈起戈先生的病，我记得有近七年历史了。由于积年的过度辛劳，戈先生1992年底在赴美探亲时发病，赶忙坐飞机返回北京。他自1957年之后即不从政，专任中国科学院文学研究所和中国社会科学院外国文学研究所的研究员。虽然他早在1938年已经入党，曾长期在周恩来同志直接领导下工作，但在医疗方面却未能得到应有的待遇，连住院、吃药都要靠现职在身的亲戚帮助。幸而戈先生将他珍藏的两万卷中外文图书捐赠给了他的故乡江苏省，在南京图书馆专设了“戈宝权藏书室”，因此南京方面才给他以江苏省社科院名誉院长和南京图书馆名誉馆长的荣衔，妥善地为他解决了住房和医疗问题。记得1996年6月他从北京去南京治病之前，我曾到位于北京东城东罗圈胡同的中国社科院宿舍拜访他，看到一代风流人物病成这种模样，又听到他和他夫人的倾诉，心中十分难过，便写了一篇题为《伤感之行》的短文，想借此为那些卓有贡献而晚景欠佳的知识分子呼喊几声。不料文章刊出时，题目却被改成了《甘于清贫的老人》。是的，安贫乐道是中国儒家的教义，它要求中国知识分子面对不公正的社会现象能自得其乐，虽“一箪食一瓢饮”而处之泰然。但鲁迅却反其道而行之，写了一篇《安贫乐道法》，指出“劝人安贫乐道是古今治国平天下的大经络，开过的方子也很多，但都没有十全大补的功效”。所以，我以为还是面对现实，少发空言多谋改革为好。

由戈先生的病，又想起了去年春天因被痰堵住而被迫切开喉管的巴金老人。据说老人清醒时曾说：“我是在为你们活着。”的确，一个老年人长年辗转病榻，那种痛苦是难以言状的。但照料戈先生的保姆告诉我，戈先生为人极好，总是独自忍受着折磨，而尽量不把劳累带给照料他的人。最近，因为他能跟医生配合，病情还略有好转，人胖了些，头脑也有了清醒的时候。我听到这个消息非常高兴，马上挂长途电话请他夫人转达我的祝福。但我也清醒地知道，想要戈先生疾病痊愈，已经不可能了，因为他得的毕竟是不治之症。不过，戈先生在 86 年生涯中留下的文化业绩却是永恒的，就像那象征着永恒的美和生命力的百合花。四十多年前，戈先生翻译过普希金的《玫瑰》一诗。诗中写道：“玫瑰凋谢了，这曙光之子。不要说：‘青春就这样衰萎了！’不要说：‘这就是人生的欢乐！’要向花儿说：‘再见吧，我怜惜你！’并且指给我们看，百合花正在那儿开放。”

重展遗简忆恩师

——悼唐弢

他是中国现代文学研究专家，但他又娴于旧学——尤其是对中国古典诗歌有着精湛的修养；只消读读他《谈“诗美”》的论文，即可证明以上评价绝非谀词。他是中国文学研究专家，但在外国文学研究领域也造诣颇深。早在20世纪60年代，他就发表过谈司汤达尔、论托尔斯泰的佳作；80年代，他又在英国剑桥大学发表题为《西方影响与民族风格》的学术讲演，纵谈自1840年以来西方文明（主要是西方文学）对中国新文化运动的影响，征引广博，如数家珍。他是思想深邃的理论家，但在资料挖掘、整理、鉴别方面的贡献有口皆碑；毫不夸张地说，如果没有他编校的《鲁迅全集补遗》《鲁迅全集补遗续编》，就没有今天规模如此宏富的鲁迅著作宝库。《鲁迅和斯诺谈话记录》发表之后，他对外国友人的这份记录进行了认真辨析，指出文中的许多讹误，如“戏剧栏”内的“胡春平”应为胡春冰，“徐宝彦”应为徐葆炎，“徐湄公”应为徐公美……使一些有史料考证癖的人也自愧弗如，佩服得五体投地。他是闻名中外的学术大家，但他20岁初登文坛时却是以作家身份现身：他的散文独具一格，他的有些杂文甚至可以跟鲁迅的杂文乱真；即使是他的学术论文也浑成流利，文采斐然——因为他认为：“谈艺术的文章自身先不艺术，那还谈什么艺术呢？有点艺术性，才会有真正的科学性。”他是一个著名的藏书家，也是一个倍受读者推崇的书话圣手。抗战时期，别人卖书，他却买书，甚至从废纸收购站大捆的废纸堆里抢救出不少即将化为纸浆的珍贵期刊和中国新文学的早期版本。

他就是中国现代文学学科的奠基人之一，我们鲁迅研究室的顾问唐弢先生。

唐先生身材不高，体形微胖，具有作为智者的外貌特征——巴尔扎克式的硕大头颅，苏格拉底式的闪光前额。我常常呆想，在他的大脑里，究竟贮藏着多少智慧的燃料？他的智商究竟会超出常人多少倍？

怀着一种虔诚的崇敬感、浓厚的神秘感和迫切的求知欲，我冒昧地给唐先生寄出了第一封信。那是在1975年秋冬之季，中国当代史上的又一个重要历史转折关头——“四人帮”覆灭的前夕。由于邓小平同志复出并对各条战线进行整顿，人们在沉沉的暗夜中看到了一丝曙色；又由于“四人帮”的猖狂反扑，掀起了所谓“批邓、反击右倾翻案风”的高潮，人们又似乎坠入了失望的渊底。当时我还在北京西城的一所中学执教，在毛泽东对周海婴上书所作批示的鼓舞下开始进行鲁迅研究，但遇到了重重困难，即所谓“苦境”——这种苦境，凡是经历过那个时代的人都不难想见，无须详述；而对我们的子孙后代，当时那种物质与精神的双重匮乏，有志者所遇到的阻力、遭受的迫害、被强加的种种莫须有的荒谬罪名，都是无法想象、难于理解的。

我对唐先生倾诉了我当时的“苦境”，他以自己的亲身经历对我进行极有说服力的开导。他在复信中写道：“听说你是南开大学出身的，现在又努力钻研有关鲁迅的资料，我以为必可有成。至于来信所说苦境，我是过来人，完全能够理解。我的条件比你差得多：年轻时没有能力读书，只念到初中二，没有念完就考入邮局当拣信生。唯一优越条件是只要工作 6 小时，其他时间可以利用来跑图书馆，就这样糊里糊涂闯进了文化界。别人一天能写完的文章，我往往要花两三天，底子太薄，无法可想。这不是客气话。如鱼饮水，冷暖自知。”（1975 年 11 月 18 日函）唐先生的现身说法使我领悟了一个人生真谛: 真正的人生只有在经过艰苦奋斗之后才能实现。无怪乎前人说“洪涛啮山怪石出”，又说“古来雄才大略之士，无不陷于逆境，千辛万苦，不辞劳瘁，始能成一伟大之事业”。

据我所知，唐先生当时从事的工作主要有三项：一是回答全国各地鲁迅爱好者和参加《鲁迅全集》注释工作的年轻同志无尽无休提出的各种琐细问题；二是领导中国社会科学院文研所现代室的同志集体编写一部普及性的《鲁迅手册》，作为恢复元气、重新开发大型科研项目之前的一次练兵；第三件事就是准备撰写一部观点正确、材料翔实、分析透辟的《鲁迅传》。在这方面，唐先生有其得天独厚的条件：除开他学识渊博、功底深厚之外，还因为他是鲁迅的同时代人，是鲁迅关怀扶掖过的青年。因此，他为鲁迅立传，不仅能有准确的历史感，而且还有其他作者不具备的深厚情感。他当时告诉我：“传记是我个人的研究计划，纳入文学所的整个计划中，本定五年内写出两编（共三编），经政策研究室批准，认为计划很好，希望缩短时间完成。”（1975 年 11 月 12 日函）

然而，写出一部成功的传记并不是一件容易的事情，所以有人感叹：“杰出的传记几乎像杰出的人生一样珍贵难觅。”唐先生心目中的成功传记，是能够以敏锐的触觉伸入伟大的心灵，“从一个人看一个世界”——各具特色的情绪的世界，精神和道德的世界，绚丽多彩的充满艺术创造的世界。这就要求传记的作者能对自己的人物有比较详尽细致的了解，特别是对人物性格和气质的了解，以便根据历史和文学的双重特点，别出心裁地施展手法，使人物的一举一动、一颦一笑跃然纸上。

唐先生写《鲁迅传》是从收集相关材料入手。他强调研究工作应当从实际出发，而实际之一就是资料。没有掌握充分的资料，即使说得怎样天花乱坠，也是没有根据的空话。他同时又认为，资料只是第一步，接着就要从资料中总结观点。没有观点，资料又无非是一个垃圾堆。但是，对资料工作的首要要求是真实。此前，我从上海沈鹏年编写的材料中，看到了鲁迅在上海接见苏区儿童团代表等记载，便请唐先生鉴定真伪。唐先生复信说："全是胡说。沈鹏年过去常给我来信，满口'老师'，实则和我并无关系，只是在上海旧书摊上遇见，以后常提一些问题。其人品质恶劣，我不再理睬他。1930 年 5 月 7 日，鲁迅由画室（冯雪峰）陪往爵禄饭店，是和李立三见面，谈的是别的事，并无儿童团代表之类事情。这一条我敢确说。"（1975 年 5 月 14 日函）后来，沈鹏年又精心编造"毛泽东会见鲁迅"的谣言，"一论""二论""三论"，乐此不疲，并以一位叫张琼的老人矛盾百出的"回忆"作为论据。沈鹏年的拙劣做法虽然受到了应有抵制，无奈中国信谣者多，所以此类谣言仍不胫而走，流毒全国。唐先生对此颇有感慨。他在信中说："沈鹏年'三论'开了。我曾将张琼的书面材料否定，现在他将漏洞百出之处代为补正，确是'有心人也'，不过这样一说，可能有人会相信。《临沂师专学报》肯予刊载，即是证据。"（1984 年 1 月 24 日函）

唐先生广泛收集撰写《鲁迅传》的资料，自然包括新时期鲁迅研究的新成果——尤其是近些年陆续出版的风格各异的鲁迅传记，哪怕是后辈学子充满稚气的起步之作，唐先生往往也以大海不弃细流的精神认真阅读。比如我写的《民族魂》，其实是一部面向青年的普及性小册子，但唐先生仍然给予了热情关注。他在信中说：“平心而论，《民族魂》是一部好书，语言材料，都有足取，只是那一节写法可考虑，有点把鲁迅写成共产党情报员，那就不好了。”（1983年10月18日函）“那一节”，指书中第28节《一份珍贵的情报》，内容是介绍中央特科吴奚如向鲁迅了解当时轰动中外的“神秘西人案”的情况。这一节的资料，主要取自吴奚如的回忆和当时报纸的有关报道。唐先生不赞成对只有孤证的事件渲染过甚，表现出他作为一个史家的谨严态度。对于我撰写的《许广平的一生》，唐先生一直持鼓励态度，并在百忙中为此书撰写了一篇精彩的序言。令我感到遗憾的是，这部书写得比较仓促、草率，既缺乏历史的营养也缺乏文学的营养，有负恩师的厚望。书中附录部分提到一件事：1946年初，蒋介石派国民党中央党部秘书长郑彦芬送给朱安十万元法币，朱安以“长官赐不敢辞”为理由接受了这笔赠金。这件事见诸朱安与许广平的通信，郑彦芬先生目前仍健在，无疑是可靠的。一位鲁迅研究者怀疑此事真伪，给唐先生及其他一些人上书，提出不同意见。我虽不才，但行文从不虚构，便写信向唐先生辩白。唐先生复信说：“我当初写序时，仅看数节，未及全文。倘使看了全文，我会劝你将此节删去的。你的文章有根有据，这是事实，但世上有些事情，一落笔目，便着痕迹。对朱氏要求不能太高，反过来，对有些同志要求则要高些。君子爱人以德，同时亦成人之美，难道不应该这样吗？”这件事，也表明了唐先生对历史人物的宽厚态度。可以断言，如果以他这样的襟怀写传，无疑会写出新的境界和新的高度。

令人遗憾的是，唐先生的《鲁迅传》未能终篇，他就离我们而去。究其原因，一是唐先生研究面太广，二是身体状况太差，三是对自己要求太高。

打倒“四人帮”以后，唐先生除修订再版了一些旧作之外，又发表了不少作品和论文，结集成书的就有《鲁迅先生的故事》《狂狷人生》《生命册上》《鲁迅论集》《西方影响与民族风格》等（这些文集中也收入了一些旧作）。他的论文《论鲁迅小说的现实主义》《鲁迅杂文一解》，代表了新时期鲁迅研究的最新成果。他的《中国现代文学史的编写问题》《关于现代文学》，是三十年来撰写现代文学史经验的科学总结。尤其难能可贵的是，他既不守旧，也不趋时，而是本着一以贯之的实事求是态度，对一些有着曲折人生历程和复杂思想倾向的作家进行了过细的分析。比如，他的《关于周作人》《林语堂论》，既充分肯定了这两位语丝社同人的历史贡献，因为这是事实；但又指出了周作人毕竟堕落为“民族罪人”，林语堂后期灵魂中的“绅士鬼”压倒了前期的“流氓鬼”，这是前一种事实掩盖不了的另外一些事实。当有些评论者偏爱沈从文小说的时候，唐先生指出沈从文也的确写了一些不好的评论；当夏志清大谈钱钟书的时候，唐先生指出他的目的是“扬钱抑茅（茅盾）”。唐先生是热情扶持青年人的，但他又同时尖锐批评了一部分青年身上表现出的不良学风，如概念模糊、不求甚解、言过其实、信口开河、华而不实、随声附和……凡是经历过近十余年来文坛风风雨雨的人，都能体会到能够坚持这种原则立场需要具有何等的胆识！

身体状况的日趋恶化，无疑也是唐老未能完成《鲁迅传》写作计划的另一个重要原因。早在 1975 年 5 月 14 日，唐老就在信中谈过他的健康状况：“我患的不是高血压，而是最严重的心脏病——心肌梗塞，还有心律不齐、间歇心绞痛等等。凡属心脏上的毛病，都齐全了。而且体力虚弱，盗汗，浑身无力，行动迟缓。多人因在报上见到我的姓名，便以健康人相许，希望我做这做那，期待殷殷，情极可感，而不知我心有余而力不足，如鱼饮水，冷暖自知耳。”1978年发了一次病。同年4月20日他来信说：“我近来的病势较重，心绞痛多时一夜四次，靠吸氧对付。糖尿病、高血压（110—210）也乘虚而入。跑了几次医院，发现左眼有白内障，雾里看花，大夫已禁止看书谈话。”1984年8月3日又来一信说：“我于两星期前突发高烧，接着便血，大量的鲜血，首都医生反复检查，认为病状难以解释……”唐先生晚年为疾病所苦，当然不止是上述几次，但仅从我援引的这些书信就可看到，唐先生晚年的那些花团锦簇般的文字，是在付出多么大的代价之后才写成的！在《同志的友谊》一文中，唐先生赞扬老作家石灵（孙大可）：“他似乎不关心自己的生命，但必须说，他是一个最懂得生命的真正意义的人。在他看来，活的不一定都是生命，优游终日不是生命，游离于斗争之外不是生命；生命必须和艰苦的工作结合起来，生命必须时时刻刻迸发出革命的火花。”我想，借用这段话来评价唐先生的生命观，也是再恰切不过的。

唐先生的《鲁迅传》未能完稿，跟他对自己过分严格的要求也不无关系。精而益求其精，备而益求其备，是唐先生治学态度的一大特点。在七八种风格各异的鲁迅传陆续问世的情况下，唐先生要拿出一本与自己身份相称的《鲁迅传》，自然不会是一件轻而易举的事。他曾谈道："为了弄清外号'胡羊尾巴'最初的来源，我查了不少材料，问了许多老辈，各人说法不一，直到后来，才算摸清和他曾祖母相关的这点细节，却已经不知道反复多少次了。"（《〈鲁迅的故事〉跋》）在跟我通信的过程中，他也本着古人"不耻下问"的精神，有时让我代查材料，偶尔也提一两个他写作时临时遇到的琐细问题，如问："鲁迅编《国民新报》副刊乙刊，是谁介绍的？关系如何？鲁迅什么时候到山东旅行过？为什么他在《在现代中国的孔夫子》一文中提到，后来他到山东旅行？……"在写传的过程中，许多平时忽略的问题都会成为行文的拦路虎。这样繁重的工作，当然使年老体衰的唐先生难于承受。他在 1985 年 5 月 16 日给我的信中说："我正写书稿，进展极慢，也苦无建树，深悔当初孟浪，接受这一任务，否则退居第二线后，可以优哉游哉，真是自讨苦吃了。”我想这不完全是出于自谦，而在很大程度上是唐先生真情的流露。

唐先生未能完成《鲁迅传》的写作就于 1992 年 1 月 4 日赍志以殁，无疑是鲁迅研究的一大损失；但是唐先生却以多方面的学术成就为自己建造了一座非人工的纪念碑，使学术界所有跟他感情亲近的人抑或感情疏远、隔膜的人都不能不肃然起敬。我缅怀唐先生，不仅因为他对中国现代文化的卓越贡献，还因为他是曾经给我以鞭策、鼓励和教益的恩师。是的，我会永远铭记着他，正如同我不会忘记在我布满荆棘的人生之途上所有给我以扶持和温情的人们一样。

学者风姿战士魂

——悼何林老师

李何林先生八十寿辰的时候，我们这些在京的弟子们在鲁迅博物馆新建的报告厅为他举行了一次气氛热烈的茶话会。杨志杰师弟即席致词说：“我不是李先生的得意弟子，但我因自己是李先生的弟子而深感得意。”他的话博得了全场的喝彩。杨师弟的这一妙语，也正是我跟李先生关系的绝妙概括。

大约是1978年初春，日本汉学家中岛长文和中岛碧夫妇来鲁迅博物馆。我送他们出研究楼时，正巧在走廊碰到了李先生。我悄声说：“这就是李何林主任。”中岛夫妇同时“呵”了一声，激动地说：“真了不起！我们开始研究中国现代文学时，读的就是李先生的《近二十年中国文艺思潮论》。”他们希望能跟李先生合影留念，李先生欣然同意。我每次重睹这张照片，想到我的老师享有崇高的国际声誉，就会情不自禁地感到几分得意。

1987年10月，台湾大型文学杂志《当代》第18期开辟了一个“鲁迅专辑”；收录的6篇文章中，有一篇是美籍华裔学者李欧梵跟金恒炜先生的学术对话，题为《从神还原到人》。李欧梵在谈话中把大陆的鲁迅研究者划分为三代，其中将李先生和他的学生们划为一派。应该指出，李欧梵的上述划分是并不精确的。尽管中国现代文学研究界可以允许形成一个“李何林学派”，但事实上这个学派又并未出现。不过，李先生引以为自豪的是，他在长达60年的文学研究和教学生涯中，为国家培养了大批中国现代文学研究和鲁迅研究方面的人才。他的学生们以他为学术的旗帜，人格的楷模，团结的轴心。南开大学中文系北京校友会每年的活动日，实际上就是李先生的寿辰。每看到李先生的人格和学识有如此强大的凝聚力，我也会情不自禁地感到几分得意。

但是，我的确不是李先生的得意弟子。应该说，在学术观点上，我师承先生之处甚多，跟他的其他得意弟子相比也可以说并不“逊色”。凡李先生主持的科研项目，我都是勉力以赴：他主编《鲁迅年谱》，我是主要撰稿人之一；他倡导编纂《鲁迅大词典》，我是办公室负责人之一。就连我认为并无必要编写而且出版前途暗淡的《鲁迅著作题解集》，因为李先生坚持要搞，我也就违背个人意愿地参加。至于近十余年来李先生在鲁研界参加的一系列论辩，我也是鞍前马后，不遗余力。李先生背后曾夸奖我：“在两个口号论争问题上，陈漱渝至今没有改变观点，总算不易。”

但是，在性格、气质、治学方法诸方面，我跟李先生却有很大差异。可以说，李先生最憎恶的一些缺点，在我身上都不同程度地存在着。

李先生就任鲁迅研究室主任时已经72岁，但他每天坚持坐班，事必躬亲。因此，他也要求他领导下的科研人员能严守纪律，不迟到，不早退，上班时间不打私人电话，无公事不会客，看病要请假，看完病要出示挂号条存根。李先生鄙薄那种“像白蚁一样一路吃过去”的自私自利的人。他对于在从事集体科研之余个人多写文章的做法不以为然，又一度主张集体科研所得报酬应以50%交公。李先生以身作则，为从事行政工作而牺牲了大量个人科研的时间。他的文章如多处发表，总是只取一处的稿费；他主持集体科研项目，个人应得的那份报酬，也往往全部交公充作集体福利。对待政治学习，李先生态度更加认真。每次开会他都带头发言，甚至亲自读报，像面对中小学生那样逐段讲解。他不喜欢我们在学习会上发牢骚、讲怪话。蔬菜涨价时他推荐我们吃海带，皮鞋涨价时他建议我们穿布鞋；谈到党风和社会风气不正时他总是引导我们看主流。李先生的这些佳言懿行，我在景仰之余，又常有可望而不可及之感。我主张科研人员实行弹性坐班制，以科研成果作为考核成绩的主要依据；反对稿费提成，主张满足知识分子最基本的价值要求。在处理个人科研和集体科研的关系时，我甚至认为应以个人科研为基础。对于走过场的政治学习，我历来就感到头痛。我的这些偏见，常常与李先生的看法相抵牾。李先生对自己的学生爱之深，责之亦严，而我却往往不能体会先生的一片苦心。这样，我跟李先生在私人情感上似乎总存在一层隔膜。

这层隔膜的存在常常使我感到痛苦，尤其害怕招致其他崇敬李先生的学友的误解。我极力想消除它，但效果甚微，有时甚至事与愿违。鲁迅诞辰 100 周年前夕，我陪同李先生到天津讲演。这是一个弟子服其劳的良机，我非常珍惜它。我帮李先生拿车票，替他提着尼龙小包，搀扶着他上路。不料刚刚上车，我的车票连同李先生的车票就在乘客拥挤之际被神偷窃走，还丢失了我随身携带的几十元零花钱。我跟李先生到天津后出不了站门，收票员不仅要我们补票，而且要作为无票乘车罚款，逼得李先生高呼：“我是全国人大代表！我们买了票的。”天津作协、文联派来接站的同志闻声而至，证明了我们的身份，才替我们解了重围。离津之时，我又将李先生尼龙包里的几张《参考消息》丢失了。此时列车快到发车时间，我希望李先生慨然说一声：“算了吧，不必找了。”不料李先生有逐日保存报纸的良好习惯，不肯轻易丢弃，致使我急得大汗淋漓，总算从送车的汽车的坐垫下找出了那几张狡猾藏匿的报纸，李先生也才算舒了一口气。

1982年，我们在成都召开首次《鲁迅大辞典》编纂会议。我是先遣人员。待李先生抵达锦江饭店时，我急忙迎接，先替他沏上一杯清茶。我原想炫耀一下我的“茶道”功夫，不料紧张中用右手将满满一暖壶开水浇在我端茶杯的左手的手背上。为保护那个瓷杯，我险些付出了手背整整一层皮肤。李先生没喝到茶，反因我的笨拙表演而受了一场虚惊。李先生离开成都时，他的一位弟子敬赠了一盆茉莉花。李师母酷爱花卉，这盆花也将是李先生出差归来转送夫人的一件佳品。我当仁不让地抢着替李先生提花，不料我小心加小心，还是让网兜绳将花蕾碰掉了几朵。李先生叹惜不已，说："你快别提了！你快别提了！"此后，我愈益自卑，连弟子服其劳的勇气也没有了。

李先生直接领导鲁迅研究室的工作将近十年。这一段时间，是李先生学术上的丰收季节。1830 年秋天，俄国诗人普希金在他父亲的领地波尔金诺村羁留了三个月，完成了《叶甫盖尼·奥涅金》的后两章及其他一些叙事诗、童话诗、抒情诗、小悲剧，创作硕果累累，被文学史家称为"波尔金诺的秋天"。我认为李先生生命史上最后的十余年是他人生的金秋。这不仅是因为打倒"四人帮"之后，他早年编著的《近二十年中国文艺思潮论》《中国文艺论战》《鲁迅论》和他晚年撰写的《鲁迅的生平和杂文》《鲁迅〈野草〉注解》等均获得了再版的机会，也不仅是因为他新出版了《李何林选集》《李何林文论选》，更主要的是因为他在全国鲁迅研究界和现代文学研究界发挥了更为广泛的指导作用。这种影响，是他在担任南开大学中文系系主任时无法发挥的。

但是李先生临终前也在学术事业上留下了一些遗憾。比如，他与王士菁等先生共同倡议编撰的《鲁迅大辞典》历时七年仍未出版；他关于再版重注包括“题解”在内的《鲁迅全集》的建议也未能实现。李先生还有一个夭折了的提案：筹建中国鲁迅研究所。这是李先生以人大代表身份提出来的，“提案”由人大常委会批转中国社会科学院研究处理。陈荒煤同志曾代表社科院文研所表示赞同，并希望在鲁迅诞辰100周年之际得以实现。后来某领导同志征求了少数人意见后提出了异议，我记得反驳的理由有三点：一、时机还不成熟——这大概是指由于文艺界宗派主义流毒而造成的人事安排方面的阻力；二、容易引起连锁反应，如果成立了鲁迅研究所，就会有人提出要成立吴敬梓研究所、郭沫若研究所、茅盾研究所，难于摆平；三、势必造成机构重叠，因为文研所和鲁博都设立了鲁迅研究室，在这两个鲁迅研究专门机构之外再增设一个鲁迅研究所，人民责问我们为何如此浪费，我们将何以作答？在以上三条理由中，前两条能否成立，我不愿发表意见；至于第三条，则纯粹出于误解。因为李先生的提案是在合并两个鲁迅研究室的基础上成立一个统一的鲁迅研究所，而并非要在两个鲁迅研究室之外再新搞一个鲁迅研究所。合二为一，何浪费之有？但是“你有理，我有权”，以善于“固执己见”著称的李先生也只好不再“固执己见”了。

金秋的丰收是辛劳的汗水换来的，而积年的劳累却无形中损害了李先生的健康。李先生一生不吸烟、不喝酒，平日生活有规律，不浪费时间精力在有害于健康的娱乐上，所以他一直为身体好而自豪。在《回忆我的长寿之道》一文中，李先生写道，他虽然虚岁八十，但气色好，精神足，走起路来很快，能不念讲稿演讲三小时，别人都说他只像六十几岁的人，他自己也觉得和五六十岁时差不多。直到1987年初，我还跟李先生一起参加学术职称评定会，就某些具体问题进行争执。李先生的精神和气色，也不像84岁的老人。1988年春节之后，李先生终因腰痛而卧床不起。当时，我们还认为是他的坐骨神经系统出了毛病，而非绝症；待李先生住进天坛医院后，才被确诊为骶骨癌，且已扩散。李先生对我说：“对于死，我是有思想准备的，但没有想到死得这么难受。”一个性格刚毅的老人说出如此痛苦的话，可见疾病对他折磨之剧。我听了心如刀割。

李先生病后有一个最大的忧虑：唯恐自己死在家里。李先生平时关心他人，临终前也不愿让自己的痛苦之状再给亲人增添痛苦。但是，在北京这个“高知”“高干”多如牛毛的城市，要找一间长期居住的单人病房却非易事。我将李先生的这一困难告诉了陈明同志。陈老侠肝义胆，辗转向有关领导反映了这一情况，后经余秋里同志批示同意，住进了部队系统的301医院。医生原估计李先生的生命大概只能维持三个月左右，但李先生发现癌症后居然跟病魔搏斗了近两年时间，这除开因为李先生具有惊人的毅力和顽强的意志之外，还跟病中得到了良好的治疗与护理有关。为了提高我国癌症治疗的水平，使癌症由不治之症逐步变为可治之症，李先生在遗嘱中断然宣布将遗体交301医院解剖，以移风易俗的卓越行动体现了鲁迅“为中国”“为将来”的精神——这也是李先生晚年一再倡导的精神。

李先生遗嘱的另一个内容，就是不要为他召开追悼会。但考虑到先生友人和学生甚多，仍决定举行一次简朴的遗体告别式，以寄托大家的哀思。我们原以为，像李先生这样的学界泰斗（中国现代文学研究的奠基人之一）兼革命家（幸存不多的南昌起义老战士之一），他的治丧工作上级领导机关会具体过问的。不料“报告”递上三天后接获指示：李先生不够副部长级别，仅享受单项副部级待遇，因此领导部门逐级下放“权利”，以极端信任的态度将治丧工作完全交给了鲁迅博物馆。但鲁博这种小单位的同人们往往连“官府”大门的朝向都搞不清楚，更何况去请一些深居简出的要人？我们一时不禁有些惶恐，怕因治丧工作的粗疏而有负于李先生的亲友。馆内大量的具体工作是在王德厚同志的指挥下协同进行的，在对外联络方面我主动分担了一小部分工作。我先后找了《文艺报》的编审陈丹晨和《光明日报》的高级记者金涛，请他们在各自的报纸上刊登讣告；又分头打电话给中央统战部的胡德平同志、国家教委的魏亚田同志、中央宣传部的成志伟同志，请他们所属的单位送花圈。我还向林默涵同志和陈明同志求援，通过他们的努力请到了中共中央政治局委员、国务委员宋平同志——这是出席李先生遗体告别式的唯一一位党和国家领导人。这些努力，也许未能免俗，有玷于李先生的清高，但作为他的弟子，也无非想以此满足各方面的希望，略尽人事而已。

宋平同志决定出席李先生遗体告别式的消息是当天早晨才得知的。“现场指挥”王德厚“指挥”我马上通知新华社和中央电视台，希望他们能赶快发消息。我立即给新华社北京分社挂电话，对方态度极好，说他们的记者已经奔赴八宝山。我又急着给中央电视台挂电话，结果是该台新闻部要我找总编室，总编室要我找文教部，但最终未能遂愿。为了弥补这种缺陷，我请友人开后门，终于请来了北京电视台的摄像人员，在该台《文化生活》节目中播出了李先生遗体告别式的新闻。

经过努力，李先生的骨灰最后被安置在八宝山革命公墓骨灰堂的第七室。这原是安放老红军骨灰的地方，李先生因为参加南昌起义的资历，享受了老红军的待遇。他如果仅有二级教授的身份，那骨灰至多只能在骨灰墙的墙缝中觅得一孔之地。这样的安排，也符合李先生的遗愿。我们鲁迅研究室的同人敬献给先生的挽联，上联写的是：“南昌起义，鲁迅精神，铸成铮铮铁骨，高风亮节存风范。”的确，从1927年以来，李先生始终是以战士的姿态献身的。他特别关注文艺战线的论争，正是他战士性格的生动反映。生前，先生作为战士驰骋于文坛；死后，他跟战士的英灵同安息。李先生85年的生命史，是跟近百年中国革命风云变幻的历史紧密联系在一起的。李先生生前反复强调，应该从作家作品和革命的直接间接关系这个角度来评论作家作品。评价李先生这样的学者兼战士，当然更必须坚持这个标准。我坚信，李先生的业绩将永存在他弟子们的心中，将活在一切战斗者的心中。

长忆我心是你的情

——悼念马蹄疾

1995年岁末，一位面容清癯的癌症患者乏力地靠在躺椅上，一边输氧输液，一边闭目静听着录音机中播放的台湾歌曲《昨夜星辰》。他的妻儿簇拥在他的身边，不时地轻声啜泣。1996年元旦零时四十三分，乐声戛然而断，他在走过了60年的劳碌人生之后默默合上了双眼——“昨夜的星辰已坠落，消失在遥远的银河”。

这就是马蹄疾兄临终前的一幕：其中有马兄家属的描述，也有我的想象。

我跟马兄初见，大约是在1976年秋天。当时我任职的鲁迅研究室在位于北京西城区西皇城根北街二号的一座红楼内办公。这是全国人大常委会的旧址。刚刚粉碎

“四人帮”之后，“人大”的机构是否保留还悬而未决。我们的上级单位国家文物局接收了对方的几十名闲散职工，他们就免费为我们提供了两层楼的办公场所。一天午休之后，我倦意未消，边揉着惺松的睡眼边推开办公室的门，一迈步差点踩着一个人——他坐在我办公室门口的走廊上，垫着一张报纸，正入神地看书。见我出来，他赶忙站起，自报家门：“我是马蹄疾。你就是陈漱渝同志吧？”于是握手寒暄。我请他赶快进来坐。他开始显得有些局促，提起一个小网兜，里面是两三斤小小的青苹果，默默地放在我的桌上，然后解释道，为了不打扰我午休，他一直里在走廊的水泥地上候着。他面色白里透红，脸形有点像山羊；因为太瘦，皮肤显得松垮，但两眼炯炯有神，声音也特别洪亮。开怀大笑的时候，他凸出的喉节在脖子间上下滑动……

其实，早在20世纪60年代，我就在报刊上见过马蹄疾的大名——因为这个笔名颇为奇特，故能过目不忘。后来又耳闻他的一些传奇经历，如只读过小学，抱病自学成才，在工厂当过学徒，由郭沫若推荐到中国社科院文研所，但三年自然灾害时期被发配到鞍山。刚打倒“四人帮”，他在报刊发表考证鲁迅书信的文章，一扫“帮八股”的阴霾，显露出新时期学术研究的曙色。又经胡乔木同志推荐，他被借调到北京参加新版《鲁迅全集》的编注工作。我们初见的谈话内容自然记不全了，大抵是他正在选编一本《许广平忆鲁迅》，因为我在《南开学报》发表过一篇介绍许广平生平的长文《十年携手共艰危——纪念许广平同志》，故特来找我交换一下心得。后来，承他厚爱，我这篇文章成为他那本书的附录。

好像马蹄疾命中逃不脱是非旋涡，《许广平忆鲁迅》刚出版，我就听到了一些不利于他的说法。我无力也极不愿意去判断那些是是非非。我仅仅想说明，这部56万字的大型资料，基本上是靠他一笔一画抄录下来的。当时正值前所未有的鲁迅研究热，而鲁迅夫人许广平的有关回忆鲁迅的文字经过“十年浩劫”，在书店早已绝迹。马蹄疾编的这本书，虽然删掉了一些在当时非删不可的内容（如关于瞿秋白的部分），但相对而言是相当完备的，正好填补了当时的一个学术空白。平心而论，近几十年来，真正对许广平进行了独立研究的，除了他和我两人之外，大概还无其他人。有人以为他编这本书赚了不少钱，这恐怕纯属误会。作家的稿酬至今仍低得可怜，17年前的编辑费又能有几个铜板呢？他在当时给我的一封信中写道："我只收到了十册样书，还是分两批收到的，原我托他们代留（购买）七十册，分送友人，他们来信说忘了，要我自己邮购，而我的辑录费至今分文没有收到。中国文人的境况，亦只如此而已。前日我领到2月份的工资，加上我老婆的工资，寄给广东新华书店六十五元，托他们邮购三十册，因我们两人收入只有一百来元，尚余三十余元过个春节。"（1980年2月13日来函）

我跟马蹄疾第二次合作的项目是编撰《鲁迅大辞典》。我们都是编委兼订稿人；不同之处，是我还跟另一位同志一起担任大辞典办公室的负责人。然而，我这个办公室负责人却未能尽到应尽之责，其中有主观原因，更有不便详说的客观原因。然而马蹄疾却在极其艰苦的条件下进行工作，投入了巨大的精力，耗去了很多无可追回的宝贵光阴，结果如马陷泥沼，难于自拔。这部大辞典大约分为十六个部分，马蹄疾参与撰稿、审稿和定稿的有四个部分，撰写的总字数约六十万字。然而历时十余年，连同马蹄疾在内的编委已死去四人，这部辞书仍未能问世。原来准备共同出版此书的两家出版社，也有一家被勒令停业整顿。目前承担此书编辑工作的，只有一位已退休且患糖尿病的资深编辑。我衷心祈祷上苍，保佑现在仍然健在的《鲁迅大辞典》的编委们长寿，让他们一个个都能活着看到这部书的正式出版。

马兄临终前一年，是我们合作最多的一年。这年春，黑龙江人民出版社编辑出版八卷本的《鲁迅文集》，约我组织人马逐篇撰写“题解”。我第一个想起的就是马兄。接到我的电话，马兄立即自费来京，在鲁迅博物馆西小院一间旧房内找了一张破桌，就伏案展开了工作。这本书很快出版了，马兄和我都在扉页上列名为编委，我还成了编委会的副主任。不过我们事前一无所知，事后也未收到一文钱编辑费或编委的车马费。中国文人的名字就是这样，有可利用之处就有人随意利用；如已无利用价值，马上就可以弃之如敝屣。

我们当年合作的另一个文化工程是新编一部大型的《鲁迅全集》。这个构想完全是马兄提出的，全书体例也是他一人设计的。他的构想是：第一卷收入鲁迅的文言小说和白话小说 35 篇，按时间顺序编排；第二卷收入鲁迅的散文、散文诗、新旧体诗，包括鲁迅杂文集中的散文和诗歌，如《忆韦素园君》《〈而已集〉题辞》等；第三卷收入学术论著；第四、五卷收入论文和讲演稿；

第六、七卷收入序跋，包括广告词、按语、编辑附白等；第八至十一卷收入正宗杂文；第十二卷以后收入书信、日记，包括原鲁迅杂文集中的“通讯”。一共多少卷，我搞不清了。为了有别于人民文学出版社出版的《鲁迅全集》，马兄主编的“全集”以1938年版《鲁迅全集》为底本，重新加以校勘，每篇作品之后附有导读文字；文言文之后则附白话译文，以减少读者的阅读障碍。然而这个宏大计划遇到了出版法之外的阻力，其原因圈内人都明白，目前推出的只有五本《鲁迅杂文集》。我做的辅助工作，就是在北京组织了一些人撰写导读。

我们当年合作的第三项内容，是选编一套《中国现代著名作家怀人散文》。这个选题也是马兄提出来的，并跟知识出版社初步达成了出版协议，但后来他精力不济，不久又病逝，这套书的收尾工作（包括撰写总序、调整选目、修订注释、统一体例等），我都义不容辞地承担了。听说，这套八卷本的丛书很快就会问世。

这年我们本来还有一个合作项目，即应某出版社之约，主持编撰一部百余万字的《鲁迅辞典》。然而这个项目跟他选编鲁迅大全集的计划一起成为了泡影。

古人云：“生于忧患，而死于安乐。”但我认为死于安乐的是人的意志，对于人的躯体而言，忧患是具有更大杀伤力的。马兄的早逝，固然因为他长期以干瘦之躯承担了超负荷的工作，同时显然也跟他历年来经历的各种忧患有关。即如临终前一年，他就遇到了来自各方面的程度不同的困扰，其中最使他愤怒的，则是关于鲁迅和许羡苏关系的论争。鲁研界的同人都知道，关于鲁迅与“二许”的一些说法，并非始于马蹄疾，而是始于孙伏园。国外也有人对此事加以渲染，比如日本东京都立大学南云智教授就有一本专著，把鲁迅和朱安、许广平、许羡苏三个女性捆绑在一起。许羡苏家属要求澄清一些史实，我原本是极力支持的，认为对家属提出的意见应予特别的尊重，不过我当初没想到此事会涉及马兄。后来读到马兄谈许羡苏的文章，觉得他的考证也并无恶意，即使引发不同意见，也大体属于学术争鸣范畴。但不久就有人广为寄发控告信，上至最高领导，下至平头百姓，信中甚至有人身攻击的内容。著名女作家陈祖芬写过一篇赞扬马蹄疾的报告文学，题为《我们无罪》，为了多侧面展现马蹄疾的性格，也写了他玻璃板下压着一张裸女像，谈起青年一代的婚恋问题观点也相当新潮。女作家的动机，原本是想说明马兄并不是一位迂腐文人，性格还是满有意思的。然而，有人专门将文章中的这一部分描写钩稽出来，加以突出，“我们无罪”就变成了“我们有罪”。因为我们这个古老国家有一条著名古训，叫作“万恶淫为首”！不久又有流言传出，把马兄的一本书的书名《鲁迅生活中的女性世界》演化成了《鲁迅生活中的一百个女人》。几个字的更易，使一本严肃的学术著作险些成了“扫黄打非”的对象。幸而学术著作的出版有法律保障，否则马兄这部作品就会被扼死于胎内了。

鲁迅说，他自己好比是一头牛，吃的是草，挤出来的是奶和血。我说马兄好比是一匹马，一匹能干各种重活而绝少休息的好马，但几十年来却一直吃的是粗饲料。开始当然限于条件，但后来条件改善了，他的生活作风却没有改变。

由于笔头勤，作品多，在文人当中马兄的稿费收入应该是中间偏上的，但他却律己甚严。在当前这个五光十色的商品社会中，马兄竟没有什么爱好——不抽烟，不喝酒，不穿名牌服饰，不出入娱乐场所，甚至于很少睡眠。他的时间和精力几乎全投入到了读书和写作当中。

外出参加学术活动或收集资料，马兄不乘飞机，不坐软卧，长途旅行也舍不得买硬卧票，而是挺直腰板坐硬座，完全是一副苦行僧的架势。在我结识的人中，像他这样清苦度日的可说是绝无仅有。

但马兄对友人是慷慨的。每次来京，他总是带些沈阳特产的运动糖——他自己爱吃，故以此分赠友人。我们请他吃饭，几乎每次他都要抢着付款。有一次我和另一位朋友邀他去我们单位附近的一家烤鸭店吃饭，饭后他一如既往抢着付款，掏钞票时一副满不在乎的样子。事后我才知道，回来后马兄精算了半天，越算越觉得饭店多收了钱，于是又回去找收银台说理。结果“理”当然都在饭店方面，马兄不但没找回一分钱，反窝了一肚子气。这使我明白，马兄并不是一个对金钱满不在乎的人，他只不过是在人际交往过程中奉行克己待人的原则。

我跟马兄最后一聚是在1995年秋。我专程去沈阳送鲁迅作品的导读文字，马兄跟出版社的编辑邵丹同到机场接我。他叫了一辆最高档的出租车把我送到宾馆，又设宴为我接风、送行。午休时他为了不打扰我，仍坚持坐在走廊上，但不必再坐地，而是在走廊的条椅上看书改稿。那次相聚的内容当然不止这些，我今后还有机会详加忆述。如今细想起来，马兄这次为接待我做了非常周到的安排，甚至每个细节都是经过认真考虑的。越想起这些，就越使我感到情感上的负累。

我跟马兄沈阳一别后去了台湾，过两个月返京，就听说马兄已病至不起。原来我走后他就发现患了癌症，且已扩散。马兄自知无力回天，便拒绝治疗，集中最后精力安排未了事宜，包括交待业务上的事和银钱交往上的事。比如编辑《中国现代作家怀人散文》，需转交我600元资料费，他都对家属白纸黑字地做了交待。这使我想起了苏格拉底。这位举世闻名的希腊哲学家弥留之际，惦记着欠了神话中的医神一只公鸡，叫人别忘了还这笔债。

我万万没想到我跟马兄近20年的交往竟会如此结束。他还盼着在北京更多地跟我相聚呢！他还在盼着继续“为他人做嫁衣”呢！他去世前三个月给我的一封信中是这样写的：“刘梦溪兄两次来电话要我去中国文化研究所，帮他办《中国文化》和另一杂志《汉学》，说已有了新的办公地，在新源里。但我不能马上去，必须把手头的事做完，因为到了那里，如果只干自己的事，主人也不会满意。我告以将手头的事做完，大约年底可以结束，明年初再到他那里。如此事可成，与兄近在咫尺，更有见面的机会了，求教也方便得多，也是理想中事。我想晚年不再写，为他人做嫁衣，也是一种乐趣，因这两种杂志，以考证文章为主，我是有兴趣读的。”（1995年9月11日来函）他绝对没有料到，第二年年初，他不但没有跟我“近在咫尺”，反而天上人间永相隔绝了！

对于马兄拒绝治疗一事，我认为并非表示他不尊重科学，而只是说明他对目前科学所能达到的实际水平有清醒的认识，故能持一种坦然面对死亡的态度。同时说明他深深懂得，人生本来就是一条必经生老病死阶段的往而不返的旅程。任何人的生命从本质上说，都只能是永恒当中极短暂的一瞬。但人的价值并非都跟生命的长短成正比，而是直接取决于他所创造的社会价值。因此，应该为之感到恐惧的并不是死亡，而是未尽责任就虚度了自己的一生。

我又想起了马兄爱听的这首《昨夜星辰》。马兄决不是歌迷，更不是发烧友。他为什么会把播放这首歌作为最后的遗愿呢？看来，他不仅是欣赏这支歌优美的旋律，而是想借这支歌为他的一生做一个小结，并向他挚爱的亲友表达他最后的爱。

是的，“爱是不灭的星辰，爱是永恒的星辰，决不会在银河中坠落”。马兄对他亲属的爱，是永远不会在他亲属心中坠落的。马兄对他的读者的爱，也不会在读者心中坠落。马兄是知名的《水浒传》研究专家，也是知名的鲁迅研究专家。我一时无法指明他的哪些文章或著作会成为传世之作，但可以肯定的是，马兄的那些真知灼见，将汇入社会科学真理的银河之中，永远闪烁。对于一位学者来说，这是最动人的坟茔。虽然坟前没有墓碑，没有墓志铭，甚至姓名也付诸阙如，但这条银河是不灭的，永恒的。

马兄，我会像这首歌中所唱的，“长忆着那份情，那份爱”。这种朋友间的情与爱，将永远给我以力量和温馨。

渴望温情

——痛悼颜雄

郑振铎先生有一篇悼念鲁迅的文章，内容早已忘得一干二净，但标题却记得清清楚楚，那五个字是：《永在的温情》。我长期悟不出能够铭记这五个字的个中奥秘。直到向古稀之年迈进之时，我才省悟到，原来我的内心深处一直有着渴望温情的情结，因此才会对这个标题产生深深的共鸣。其实，渴望温情的何止是我，这应该是一种普遍的人性，是人类一种共同的情感追求。在人情凉薄的境遇中，温情就好比沙漠中的甘泉，寒夜里的篝火，能给人以坚持活下去的希冀与诱惑。

那是在我刚被闪电式免去行政职务之后，恰逢中国博物馆学会的新任理事合影留念，我习惯性地缩到后排站着。这时，突然有人伸出一只手，固执地把我拽到她身旁就座。这只手虽然柔弱，但我听懂了它所传递的肢体语言，感受到了它带来的温热。我 60 岁生日这一天，意外地收到了一封信，里面是一张用宣纸自制的贺卡。我跟送卡人接触并不多，也谈不上是朋友，在我主编一份学术刊物时，他只是一位几乎义务相助的业余校对。这张贺卡很轻，无法再轻，但作为我收到的唯一一份生日礼物，它在我心中的分量却是沉甸甸的，无法再沉。我同样感受到了它所带来的温热。当我刚患上糖尿病的时候，又有两位远方的读者给我寄来礼物：一位跟我未谋一面的读者接连不断给我邮来他故乡出产的葛粉，说是适合老年人服用；另一位跟我仅有一面之缘的读者竟用木箱给我寄来一种不知名的植物，据说既可吃又可闻，是一种降低血糖的偏方。坦白地说，我并不相信偏方能治大病，但这两种礼物却让我坚信世上的确有一种超乎功利的真情。

在我的同行友人中，颜雄也是一位不断给我传递温情的人。我是 20 世纪 70 年代末在号称“风景甲桂林”的阳朔结识他的。那时中南地区的一些高校合编了一部《中国现代文学史》教材，请了少数外地的学者参与定稿。我记得有来自上海的钱谷融先生，来自广州的陈则光先生。我是作为北京鲁迅研究室的成员参加这次活动的。如果我没有记错，这大概是我这辈子第一次出公差。在与会代表的名册上，我看到有一位来自湖南师范大学的颜雄。颜雄这个名字之所以引起了我的兴趣，一是因为他是我的故乡人，二是因为它使我立即想起了中国古代那种虎背熊腰、目光如炬的骁将。然而初见其人时，站在我面前的却是一位高颧骨、尖下巴、面孔清癯的文人。我在会上跟他交谈不多，只是感到他平易谦逊，温文尔雅，有一种与生俱来的贤者风、学者风，跟另一位喜好臧否同行的与会者形成了鲜明对比。

我真正跟颜雄接触是在 1979 年。估计是经蔡仪先生胞弟蔡健（蔡斐君）介绍，他从长沙来到北京，在李何林先生主持的鲁迅研究室进修。同一时期的进修者还有天津的张铁荣、湖北的皮远长、山西的李文儒、齐齐哈尔的于万和。因为颜雄大学毕业的时间最早，资历最深，被同修们称为“颜老大”。这批进修者后来在事业上都有大发展，比如颜雄，就先后担任了湖南师范大学的中文系主任、新闻系主任，湖南师范大学出版社的社长兼总编，湖南省期刊评审委员，省出版系列高级职称评委，省现代文学研究会理事长，中国鲁迅研究会理事，中国丁玲学会副会长，等等。鲁迅研究室成立10周年时，颜雄等进修者前来祝贺，赠送了一幅木版水印的奔马，徐悲鸿作。我代表鲁研室接受这一赠品时，立即联想到他们在事业上的万马腾飞之势，将他们引以为鲁研室的骄傲。

回想起来，颜雄进修期间我跟他在业务方面交流并不多，只记得他在生活方面反给予我以切实的帮助。因为同乡关系，他曾多次到我在复兴门的陋室跟我的母亲聊家常。人入老境之后最怕寂寞，用长沙方言跟我母亲聊天，是老人家最感快慰的事情。从颜雄对我母亲的态度，我可以断定他是一位孝子，是一位有着敬老传统美德的现代人。我购买一些笨重家私的时候，颜雄也曾以他的干瘦之躯帮忙出力。我们在业务方面的合作，是在他回到湖南师大重新执教之后。

1979年初，我写了一组史料性的文章，总名为《"五四"运动在湖南》，以纪念"五四"运动60周年。颜雄得知此事，立即跟《长沙日报》《湖南师大学报》《湘潭大学学报》分头联系，并得到了《湖南师大学报》和《长沙日报》的允诺。后来这组文章由湖南省政协的《湖南文史资料》首刊，辜负了颜雄的美意。对于这组文稿，颜雄也提出过具体意见。比如我在文章中提到过一位叫彭国钧的人，在“五四”时期较为活跃。颜雄于同年3月24日来信提醒我：彭国钧在“五四”之后日趋倒退，甚至在杨开慧被捕之后起过负面作用。颜雄在信中说，何键是杀害杨开慧的主凶。他曾收集何键的史料，包括何键两万余字的讲演稿。此前，我仅仅知道颜雄对鲁迅、闻一多、丁玲、张天翼有深入研究，阅此信，方知他在史学方面也有很深的造诣，令我佩服不已。

可能是因为我曾在中学执教14年的缘故，大约在1980年，湖南人民出版社鲁迅著作编辑室的黄仁沛先生约我写一部《鲁迅作品教学研究》。但我理论根底不深，尤不擅长于作品分析，只好求助于李允经、颜雄、卢今三位友人。结果卢今写了八篇，李允经写了七篇，颜雄写了六篇，在鲁迅诞生100周年之际出版。我认为，迄今为止的同类著作当中，这本书仍是内容十分厚重的一部。可惜发行不甚理想，一直没有重印机会。在重编语文教材、用金庸小说置换《阿Q正传》的当下，这部书的再版看来就更显渺茫了。

颜雄担任湖南师范大学出版社社长兼总编时，我们曾有过一次亲密而成功的合作，这就是出版一部四十余万字的《鲁迅语录》。如实地说，这是自1937年雷白文先生自印的《鲁迅先生语录》以来，内容最为完备的一部《鲁迅语录》。这部书原是台湾李敖出版社（即天元出版社）提议选编，1989年我们全家通力合作完成，同年分为四个分册由该社出版。原编就的《创作自述》这个分册，因该社估计市场效应较差，没有出版，但按合同支付了稿酬——遗憾的是原稿未退，也不知去向。颜雄看到台湾版的这套语录之后，便建议由湖南师大出版社出简体字版，并由他的夫人鲍庚桃教授重编《创作自述》部分，使这部语录终成全璧。颜雄在百忙中亲自出任责编，1992年初出版，首次印数为10200册。

为出好这部语录，颜雄可以说是煞费苦心。首先是保证出书的质量。这本书在台湾出版时，因为时间仓促，而且将简体字转换为繁体字，故出现了一些错误。颜雄依据1981年人民文学出版社的版本重新校勘，又将繁体字转换为简体字，订正了这些错误。第二次重印时，再进一步进行校勘，使差错率接近于零。因此，在中南五省大学出版社评奖时，湖南师大出版社的这部《鲁迅语录》荣获了校对奖。虽然只有一纸奖状，但颜雄感到莫大的安慰。我在这部书的前言中，曾批评某社出版的《新编鲁迅语录》，120 页正文中，居然 84 页出现错误，其中有一段语录竟整整漏掉了 25 个字。两相对比，编辑责任心的高下真是泾渭分明。其次，颜雄出于友情，极力为我争取比较高的编辑费。他在 1993 年 10 月 25 日的来信中说："我们早为你开出了稿费（编辑费），但数额低，且是去年的价，我一直惴惴不安。这回趁争取到重印的机会（按：指湖南省教委将此书列入中小学图书馆的书目），把稿酬标准略略提高了一点，多少了却了我的心愿。"这件事反映了颜雄的一种风格，就是他做好事从不张扬。只到事成之后，对方才感受到他的苦心。

回忆起来，这部《鲁迅语录》还让我出了一个大风头。大约在 1994 年，广东省搞了一个文化节，需要筹集经费。举办方出了一个高招，想印一部破吉尼斯世界纪录的大书，以每本 1000 元的价格义卖。因为这届文化节要举鲁迅的旗，所以广州鲁迅纪念馆张竞馆长推荐出版这部《鲁迅语录》。这个建议立即被采纳，于是湖南师大出版社出的这本 32 开的书被印成了对开本，绒制封面，分红蓝两色。所卖出的高价贴补了文化节的开支，但编者和出版社并未得到酬金，只得到了几本大书，拿来之后不知放在蜗居的什么地方才合适。

颜雄在事业上对我的支持，还表现在支持中国鲁迅研究会的工作。我在中国鲁迅研究会从事学者服务近20年。在此期间，颜雄及其夫人鲍庚桃教授一直积极参加学会的学术活动，如赴牡丹江参加“鲁迅与世界文学”研讨会，赴上海参加鲁迅逝世60周年学术研究会。有一次在郑州召开“鲁迅精神学术研讨会”，颜雄一人独往，不料晚饭后竟晕倒在宾馆大堂，着实让与会者惊吓了一场。听说此后他就装上了心脏起搏器。最为难得的是，1995年9月，颜雄还克服重重困难，协助中国鲁迅研究会在风景如画的张家界召开了“鲁迅文艺思想与当代文艺运动国际学术研讨会”。国内学者莅会的有五十余人，日本学者出席的有藤井省三、千野拓政、汤山土美子等人。这次会议是成功的，但学者办穷会，其间经历的艰辛可想而知。

悼念颜雄，不能不提及他在鲁迅研究界参与的一项重要工作，那就是修订《鲁迅大辞典》。编撰这部大型辞书原是李何林、王士菁二位先生的倡议，得到了文化部和新闻出版总署的支持。参与这项工作的有武汉大学、厦门大学、山东师院、杭州大学、中山大学、华东师大、苏州大学等高校和辽宁社科院等科研机构。此书初拟由四川人民出版社出版，编纂办公室于1982年底在鲁迅博物馆的研究室设立。1983年1月和6月先后在成都和厦门召开了两次协作会议。1984年6月情况发生突变。在西安西北大学召开编纂会议时，宣布由人民文学出版社和四川人民出版社共同出版此书，人民文学出版社负责组织人员修改定稿，四川人民出版社负责排印和出版。从那时到现在，历时二十余年，李何林、薛绥之、马蹄疾等元勋和骨干已经作古，而这部辞书仍然“千呼万唤未出版”。颜雄就是被人民文学出版社借调修订大辞典的三位专家之一。

关于颜雄在人民文学出版社工作的情况，他在悼念马蹄疾的一篇文章《昨夜星辰》中是这样描写的：那是1991年春天，他跟马蹄疾合住在一间朝西的屋子里。这里听不到广播，更没有电视，接电话要跑到别的屋子，一日三餐都靠自己解决。从1990年到1991年，颜雄就是在这种艰苦条件下认真工作了将近一年。此后，他对这项工作的进展仍十分关心。1994年8月15日，他在给我的信中问：“辞典事有无进展？我不好向学校交账了。徐斯年亦有同感。因不时有人问起何时出版。”遗憾的是，直到临终，颜雄仍未能见到这部辞书问世，也没有得到一分预支稿酬。

我跟颜雄最后的晤面是在2004年。那年10月12日，是丁玲百年诞辰纪念日。百余名来自国内外的丁玲研究者云集丁玲的故乡——湖南临澧，研讨“丁玲文学活动的历史价值和现实意义”。颜雄因患癌症动了手术，不能赴会，但仍给会议写来了热情洋溢的贺信。当王增如女士代为宣读这份贺信时，我在旁看到了他那一笔不苟的手迹。这是一个垂危的研究专家对他的研究对象表达最后的敬意！

同年10月16日傍晚，我从临澧到长沙探望他，想看看他化疗之后的身体状况。颜雄亲自下楼迎接我。他充满乐观情绪地对我说，他的手术十分成功。医生告诉他，如果没有治愈的可能，就根本不会为他动手术。我知道这是医生宽慰他的话，他又用这种善意的谎言来宽慰我。我问他有什么事情要嘱托。他说没有什么事，只是希望我把他在《新文学史料》上发表的力作《丁玲话〈北斗〉》推荐给《新华文摘》，希望该刊能够转载。离别时，颜雄送我两盒茶叶，说是新茶，质量不错，要我自己喝，不要转送他人；又亲自把我送下楼，直到我的背影在夜幕中消失。我想，颜雄亲自迎接我和送我，肯定是预感到我们今生再难相见，只是毫不露声色罢了。这也表现出他的一种涵养和素质。11月11日，表弟王平打来长途电话，说颜雄因心衰突然去世，没有留下任何遗言。他撒手人寰距离我们这次相见不足一个月……

颜雄66岁就驾鹤西去，对他而言也许是一种洒脱之举，但给亲友留下的却是无尽的哀思。俗话说，人生最贵是相知。特别当身处人生低谷而又有人落井下石之时，更感到知心朋友是我前世善行在今生所获得的丰厚回报。近年来，我经历了太多的是是非非，风风雨雨，起起落落。妻子为了让我有一个良好心态，不知从哪里抄来了一段话开导我，要我常怀感恩之心，让心灵徜徉在感恩的世界里。这段话是：

感激伤害你的人，因为他磨炼了你的心志。

感激欺骗你的人，因为他增进了你的见识。

感激鞭打你的人，因为他清除了你的业障。

感激遗弃你的人，因为他教导你应自立。

感激摔倒你的人，因为他强化了你的能力。

感激斥责你的人，因为他助长了你的定慧。

我体会妻子的苦心，也认同这段话中的每个观点。但无论如何，我首先还是应该感谢像颜雄这样给我以温情的人。每当想到像他这样的故交芳茎零落，便止不住倍觉伤感。哀极无泪，仅以上述杂乱的回忆，作为祭奠颜雄在天之灵的一瓣心香。

丹心白发一老翁

——怀念台静农教授

人的一生中会有多少追悔莫及的事情呢？这恐怕是谁都难以逆料，谁都难以精确统计的吧！我这番感慨绝非无病呻吟，而是由新近拜访台静农教授引发的。

对台静农这个名字，当代大陆青年大概会有陌生之感；就是在 20 世纪 20 年代，他也未曾献给他同时代的少男少女以伟大的欢欣。但鲁迅却大力肯定了这位乡土作家的艺术造诣，表彰他“在争写着恋爱的悲欢，都会的明暗的那时候，能将乡间的死生，泥土的气息，移在纸上”。（《〈中国新文学大系·小说二集〉序》）

是的，台静农的名字跟鲁迅的名字联系得相当紧密。1925 年，他跟鲁迅和其他几位友人共同组织了著名的文艺社团未名社。1926年，他选编了第一本评论鲁迅的文集《关于鲁迅及其著作》。1932年，他曾陪伴鲁迅发表震动古都的“北平五讲”。1934年至1935年，他曾帮助鲁迅拓印汉石画像。鲁迅因台静农一贯以老朋友的态度待他而深受感动，他感到这种态度“在上海势力之区是看不见的”。鲁迅同样回报台静农以“老朋友的态度”。他致台报偿。

不知怎的，我第一次拜访台老时，他就回忆起了鲁迅的挚友许寿裳先生深夜梦中死于柴刀之下那种被莫名的恐怖笼罩着的日子，接着，他又讲述了乔大壮先生渡海来台而又返回苏州自溺于梅村桥下的经过。乔大壮先生也是鲁迅的友人。鲁迅北京西三条故居那幅集《离骚》句的小小对联——“望崦嵫而勿迫，恐鹈鴂之先鸣”，就是出自他的手笔。乔先生终至阮醉屈沉，除了对时局的悲观和心境的孤寂之外，跟受许先生被害事件的刺激也有着直接的关联。台老在《记坡外翁》一文中曾以传神的文字描写他陪乔先生到许先生遗体前致吊的情景：“……他一时流泪不止，再陪他回到宿舍，直到半夜才让我们辞去。他站在大门前，用手电灯照着院中大石头说：‘这后面也许就有人埋伏着。’说这话时，他的神情异样，我们都不禁为之悚然。”我们只要了解许先生和乔先生俱归于寂灭的情况，就不难想见台老初到台湾时的处境与心绪。

台老也问起我到台北的感受。我说，在香港停留时，我深以言语不通为苦，到台湾后，发现人们在公开场合都说国语，使我感到十分亲切，觉得台湾可说是全国推行普通话最好的一个省。台老说，这得归功于魏建功、何子祥诸先生，早在台湾光复之初，他们就倡议筹划在台湾推行国语。特别是何先生，数十年历经艰难与辛酸，终于以苦行僧的精神把国语运动坚持推行至今，取得了昭昭在人耳目的成绩。台老很关心魏建功先生晚年的境况。数年前，远道传闻魏先生已不在人世，台老涉笔毫不掩饰他的伤逝之感，我据所知如实介绍了一些魏先生的情况。

在后几次的接触中，我跟台老交谈更无拘束，内容也逐渐集中到鲁迅及其同时代人方面来。特别是 10 月 7 日傍晚，我去访他时，适逢他的儿孙都出门度周末了，老人独处书斋，身着一件圆领汗衫，光着脚，空口喝着威士忌——他每天都喝二两。我突然想起他文章中的一句话：“酒人何尝麻木，也许还要敏感些。”心中不禁有些悲凉。台老留我多坐些时候。这时，窗外细雨霏霏，雨点有节奏地轻轻敲打着芭蕉叶——这就是台湾著名画家、散文家、诗人席慕容笔下的那株芭蕉，它的“叶子正斜斜地伸了过来，叶脉平滑而又整齐地横排着，光洁而又明亮”（《写生者·窗前》）。席慕容曾借此发挥：“三十多年以前，或者四十多年以前，我们每一个仓皇渡海前来的家庭，不都是曾经终于在这样一扇种着芭蕉的窗前栖身落脚的吗？”我至今仍清晰地记得那晚天南海北交谈的内容，耳边也不时响起那晚雨打芭蕉的声音……

关于鲁迅，台先生说，他在北京大学听过鲁迅讲《中国小说史略》和《苦闷的象征》。鲁迅讲课时不照本宣科，发挥自如，语言生动，不像周作人那样死盯着讲义。他承认他的创作深受鲁迅的影响。他原来爱写诗，参加过“明天社”，后来读了周氏兄弟翻译的《现代小说译丛》《现代日本短篇小说集》，又读了莫泊桑、契诃夫的一些作品，才把创作重点转向小说。一些评论家发现台老小说的风格与鲁迅颇为接近：没有繁复的线索，善于从小人物的小事件中揭示没落社会的病态生活面，在清淡的幽默中蕴含着轻淡的讽刺与轻淡的诙谐，看来并不是偶然的。

关于鲁迅发表《北平五讲》前后的情况，台老谈得较多。我首先向他介绍了大陆围绕这一事件的争议：

许广平在《鲁迅回忆录》中说，由于鲁迅的演讲触怒了当局，官方遂写好了逮捕公文。1932 年 11 月 27 日是星期天，不办公，所以公文还差盖一“官印”，而 28 日上午，鲁迅还准备在中国大学讲演，官方估计他当天还不至于离京。“就在这间不容发的紧急关头，鲁迅当天下午就搭车离开了他所酷爱的北京和可依恋的群众。他走了，从此永远不再来了。敌人的逮捕公文白白准备了。”许广平声明，上述情况得之于“一位深知内幕的朋友”。然而，考证家朱正却认为这“看来是个虚构的故事”。他的理由之一是：任何一个政权的专政机器在镇压自己的敌人的时候，从来都不会拘泥于多盖或者少盖一颗官印之类的手续上的……再说，国民党的特务机关也不会受星期天休息之类的限制的。（《〈鲁迅回忆录〉正误》）

台老听完我的介绍之后说，由于年代久远，有些事情记不大清楚了，许广平提到的这件事，他也不知其消息来源。不过，他觉得许广平提供的说法并非完全没有可能。

不盖公章固然仍可以抓人，但鲁迅不是一般人物，涉及鲁迅的事情，总是要由一个部门做主。

我问台老是否还保存有鲁迅手迹，台老说，他保存下来的鲁迅书信和文稿全交给许广平了，现在只存有一份鲁迅在北京女高师的讲演稿《娜拉走后怎样》。这份讲稿已裱成长卷，卷后有鲁迅的友人马幼渔、许寿裳、李霁野诸先生的题跋。马先生的题跋是："回忆十四年前，予与豫材岂明昆仲及许君季茀为北京女子高等师范学校事，努力奋斗，卒使女师光复旧物，不禁神往。女师后虽不幸夭折，然此举固不无可资纪念之价值。"李先生在卷后题了一首七绝："毛锥粒粒散珠玑，奠定文坛万载基。墨泽犹新言在耳，怆然把卷徒嘘唏。"台先生说，这一长卷，现珍藏于他在美国的儿子处。

我还饶有兴趣地询问 1927 年 9 月 17 日台老给鲁迅致函一事。台老在信中征询鲁迅对领取诺贝尔文学奖的意见，鲁迅同月 25 日复信说："诺贝尔奖金，梁启超自然不配，我也不配，要拿这钱，还欠努力。"台老回忆说："那年九月中旬，魏建功先生在北京中山公园举行订婚宴，北大同人刘半农、钱玄同等都前往祝贺。席间半农把我叫出去，说在北大任教的瑞典人斯文赫定是诺贝尔奖金的评委之一，他想为中国作家争取一个名额。当时有人积极为梁启超活动，半农以为不妥，他觉得鲁迅才是理想的候选人。但是，半农先生快人快语，口无遮挡，他怕碰鲁迅的钉子，便嘱我出面函商，如果鲁迅同意，则立即着手进行参加评选的准备——如将参评的作品翻译成英文，准备推荐材料之类。结果鲁迅回信谢绝，下一步的工作便没有进行。”

收集南阳汉画像，是鲁迅晚年跟台老联系的一项重要内容。早在民国初年，鲁迅就想收集自印汉至唐画像，从中研究当时的风俗，如游猎、卤簿、宴饮之类，陆续拓印了六百多幅；在被称为“十里洋场”的上海定居之后，收新拓、觅旧拓日见其难。台老回忆，大约在1934年至1935年间，王冶秋之友、原北京美专毕业生王正朔说，他老家河南南阳遍地都是汉代石刻，愿代为收集拓印。台先生将这一信息函告鲁迅，并着手筹集经费。在合资中，鲁迅占一股，台先生跟另一位友人占两股，收集的拓片均分。后来多出几十张，原石已毁，台老就都寄给了鲁迅。据《鲁迅日记》统计，从1935年12月至1936年8月，台老通过友人替鲁迅拓印了南阳汉画像共231幅，鲁迅曾复信表示感谢与赞赏。为了不使台老伤感，我没有告诉他，就是这位王正朔，在抗日战争中曾率游击队转战于晋西各地，屡建战功；1939 年 12 月 15 日壮烈牺牲，年仅 32 岁。

关于未名社，台老说他跟李霁野、韦素园、韦丛芜都是通过张目寒结识鲁迅的。张当时在世界语专科学校读书，是鲁迅的学生，为人热情。到台湾后，他在于右任先生手下做检察院的秘书长，前些年故去了。我揣测，“龙坡丈室”墙上悬挂的那帧蔡元培墨迹，大概就是张目寒先生临终前留给老友作为纪念的吧。

台老强调，没有李霁野就没有未名社，因为未名社不仅是一群文学青年的组合，而且是一种脚踏实地的文学事业。未名社门市部，主要就是靠李霁野来支撑的。当时韦素园肺病很重，有时大口吐血。台先生至今清晰地记得，韦素园有一次吐血，从里屋吐到过道，再从过道吐到外屋，血流一地。他弟弟韦丛芜也有肺病，还搞女人。他们兄弟的生活、营养，全靠李霁野照顾。台先生对韦丛芜搞女人印象很深，他说，韦丛芜当霍邱县县长时，两个老婆打架都打到衙门里去了。

关于莽原社与未名社的关系，台老的说法跟李霁野先生的说法完全一致。他说他只是给鲁迅主编的《莽原》

周刊投过稿，不能算是莽原社的成员。对于为《莽原》周刊奔走最力的高长虹，台老毫不掩饰他的反感。他说此公狂妄自大，精神不大正常的样子。我说他后来可能病死在抚顺的精神病院，台老说这一说法估计不会错的。

在谈到未名社时，我特地提到了鲁迅在曹靖华译的《苏联作家七人集》序文中提到的那件荒诞可笑的“新式炸弹”案。台老说，1932 年 12 月 22 日他曾无辜被捕，说从他家的“秘密室”里查获了“共党宣传品”和一枚“新式炸弹”。其实，所谓“共党宣传品”只不过是曹靖华寄存的文学作品《第四十一》《烟袋》，而所谓“新式炸弹”则是王冶秋夫人高履芳寄存的化学仪器。台老说，事发后，友人常三爷常惠帮了不少忙——胡适戏称他是提倡歌谣研究的老祖宗；沈尹默先生也托人到市党部疏通，终于澄清了事实。我好奇地问台老，他当时在北平地安门西皇城根 79 号的这个寓所，为什么会有那么一间无人居住的“秘密室”——这间房在墙壁夹层中，通过一架穿衣镜跟外面的三间屋相连。台老说，这所房子是租赁的，所谓“秘密室”大概是房主原来抽鸦片烟用的吧。我事后深悔跟台老提及这件可能触发他隐痛的往事——他这次因误解被捕，虽然历十余天即获保释，但不久他的爱子病故。鲁迅 1933 年 2 月 9 日在致曹靖华的信中提到：“近闻他的长子病死了，未知是否因封门，无居处，受冷成病之故，真是晦气。”

在鲁迅的同时代人中，台老念及的有范文澜、李霁野、李何林、冯雪峰、王鲁彦、常惠诸先生，最为反感的是周作人。他用斩钉截铁的语气说：“周作人是存心要当汉奸；保护北大校产是借口，想当汉奸是真。当时胡适、沈尹默等写诗撰文敦促周作人离平南下，李石曾的中法教育基金会还决定资助他，他硬是不走。经济问题并不能构成他南下的障碍。”

记得 1937 年“七七”事变发生时，台老刚到北平四天，当月 30 日，日军占领了北平城，台老目睹城墙上张贴的日军入城司令部布告，目睹在大街巡回驰驶的日本坦克，心中燃烧着仇恨的烈火。当时他曾跟友人醉卧魏建功先生家。友人信笔为他画了一幅《荒城寒鸦图》，用萧疏淡墨象征北平这座历史古都的劫运。事隔半个世纪，台老还念念不忘当年的亡国之痛，有着强烈爱国情感和民族意识的台老，怎能不极端蔑视周作人甘心附逆的卑劣行径呢？

关于周氏兄弟失和的原因，台老认为是家务纠纷。

周作人之妻羽太信子在孩子身上花钱无度。鲁迅对台老说过，在羽太信子这个女人身上，集中了中国人和日本人的恶德。我向台老介绍了川岛先生关于此事的回忆。台老说：“川岛的说法应该是可信的。他跟周氏兄弟都有往来，而跟周作人的接触更多一些，还在八道湾住过一个时期。”

台老还提到周作人的《知堂回想录》，该书第二卷第一、三、四节中谈到沈兼士先生，说他原任北京大学国学门主任，后脱离北大，“任辅仁大学的文学院长，终于因同乡朱家骅的关系，给国民党做教育的特务工作，胜利以后匆遽死去”。台老说，周作人对沈兼士的评价是不公平的，沈兼士在北平沦陷时期做地下工作，不能说有多大错。朱家骅当时是国民党党部的负责人，沈兼士当然要跟他联络。这并不能表明他们两人有什么特殊关系。

对于自己的事情，台老不愿多谈，也不热衷于搜集出版他的佚文。我只记得他说，大陆目前介绍他的文章中，几乎都把他的生年写为 1903 年。台老说，他生于民元前十年（即光绪二十八年壬寅）旧历十月二十四，属虎，折合成公历是 1902 年 11 月 23 日。还记得他说，他童年在安徽霍邱叶家集读小学，这所小学是他一位本家长辈创办的，名为小学，实际程度相当于现在的初中。国文老师何棣五先生，河南人，前清进士出身，但能接受新事物，所以在上小学的时候，台老就读到了很多严复译介西学的文章。这对他后来的生活道路无疑有着很大影响。

早在“文革”前后，有一位鲁迅研究家告诉我，尚钺先生曾在人民大学散布，说台老是托派。我不相信，但又不知其详。我这次特意提出此事，希望台老能说明真相，以消除尚钺的说法可能导致的误解。

台老说，抗战时期，他跟陈独秀都住在四川江津县白沙镇，又同是安徽人，故常来往，但交谈内容仅限于文字学，不谈政治。当时陈独秀身患高血压，但拒绝领取国民党的津贴，想卖文为生。为了减少儿童识字的痛苦，他专力撰写一部《小学识字教本》：选取 3000 个常用字，深入浅出地讲明每个字的来源演化。因为台老在国立编译馆有个挂名职务，每月领 120 元俸禄，陈独秀便想通过他的关系将此书交编译馆出版，以换取一点薄酬维持生计。但由于陈立夫等人三番五次作梗，编译馆仅将此书油印了几百部。前些年，梁实秋将此书易名为《文字新诠》在台湾出版，自己作序，未署原作者名，又抽掉了原序。台老认为这样做是不妥当的，他希望将来重印此书时，能增补原序，以恢复历史原貌。谈及此事时，台老从抽屉中拿出陈独秀当时给他的一叠信件，内容都是讨论这部书稿。

我跟台老话别时，他以三件礼物相赠：一是洪范书店 1988 年印行的《龙坡杂文》，扉页题“漱渝先生惠存　静农”；二是《文字新诠》，台老将油印的陈独秀原序平平整整贴在封里；此外，他还赠我一张条幅——这一珍贵礼物是我极想得到而又不敢启齿的。

在台湾，台老作为书法家的声誉跟他作为文学家的声誉一样崇高。他父亲工书法，喜收藏。受家庭影响，他从小就学隶书，练楷书，奠定了坚实的书法基础。但北上求学之后，视书艺为玩物丧志，遂不复练习。抗战期间，台老避难入蜀，百无聊赖之时又重新练字，对倪鸿宝书法的格调最为折服。来台四十余年，台老在教书读书之余时弄毫墨，书法终于达到了通会前贤、不拘一格的境界。大约在 1981 年，台老应邀举行了一次字展。他那显示出民族的色彩与精神的书法作品轰动了艺坛，成为了中国现代书法史上的一块碑碣。如能得到台老的墨宝，这是何等的荣幸呢？

我之所以没有启齿的勇气，那原因有三：一、台老退休之后，向他索字的人络绎不绝。他开始也“土地公似的，有求必应”，日久天长，难免感到“老牛破车不胜其辛苦”。迫不得已，他已于1985年公开宣布此后一概谢绝写字这一差使。二、台老晚年作书并非单纯以艺会友，有时也偶收润笔，以免却老年窘迫向朋友告贷之苦。像我这种行囊羞涩之人，当然有心无力，不可能以润笔作为对台老的报答。三、去年9月6日，台老突然休克，不省人事，醒来后躺在寝室的地板上，左肘青了一块，颈部和右脑疼痛，但他完全想不起摔倒的情景。后经住院检查，说是脑部积水，需再度住院治疗。台老疾病缠身，手腕无力，我就更不敢主动向他乞字。正因为有上述这些原因，我接到台老的字幅时，感动得不知如何是好，只是讷讷地说：“这太珍贵了！这太珍贵了！”字幅写的是：

清晓披衣寻杖藜，隔墙已见最繁枝。

老人无计酬清丽，犹就寒光读楚辞。

东坡黄州春日

己巳中秋书为漱渝先生清赏

静农于龙坡丈室时年八十八

众所周知，苏东坡的一生是在政治斗争的旋涡中度过的。宋元丰二年（1079 年）他因有名的“乌台诗案”被贬为黄州团练副使，达七年之久。黄州位处长江北岸，三面环水，有茂林修竹，陂池亭榭，心怀天涯流落之感的苏轼一面在黄州的东坡垦辟躬耕，一面创作了大量吟咏自然景物的诗作，以此寄托他对亲友的情谊和对故乡的怀念，排遣他在险恶的政治环境中内心的抑郁。七绝《黄州春日》中“犹就寒光读楚辞”一句，就在萧闲之状中流露出他那无法泯灭的忧患意识。台老题写此诗相赠本是信手拈来，并无微言大义，但不知怎的，我却因此而联想到了苏轼和台老那种同因文字而遭缧绁之灾的苦痛经历，以及他们僻居天涯而心怀故里的真挚感情。在中国古今同类知识分子的内心世界中，总有一些一脉相承的精神因子吧。

我想，我的揣度也许不完全是无的放矢。在海峡两岸处于隔绝状态的岁月中，台老不是仍然神往于新发现的震撼世界的长沙马王堆帛画、辽宁营城子汉墓壁画、河北望都汉墓壁画、洛阳八里台的彩绘墓砖吗？1980 年，当台老重新编定短篇小说集的时候，他早年那些以故乡为题材的作品，作品中那些乡民的呻吟与咆哮，以及那些散发出泥土气息的乡土语言，不是曾使那有隔世之感的乡土情又悽然在心中起伏吗——他毕竟是那种忘不了自家泥土的“地之子”啊！

离开台北已经两个多月了，我时时忆起温州街那条闹中取静的小胡同，胡同里那排苍老的木造日式建筑。那里有一位身材魁梧、面色黧黑的老人，常默默地怀念着他的故乡——那座掌守着皖西门户钥匙的叶集镇。宝岛台湾的风物跟故乡路旁矮小的银槐、堤边带露的小草，在他的内心深处已经织成了一片云霞，是分不开、打不散的了。他虽年近九旬，但仍像他作品中那“负伤的鸟”，带着箭，带着痛，带着血腥，倔强地在这片云霞中鼓翅横飞，飞向他神往的莽苍的高处。

昨夜星辰昨夜风

——在邓丽君墓前

正是暮秋天气，汽车行驶在蜿蜒的山路上。两旁的树色黄绿相杂。山坡上白色的芦花在款款柔风中频频俯身，好像一队执幡送殡的行列。大约一个半小时，我跟朋友们就从台北抵达了邓丽君的安葬地——金宝山的“筠园”。

“筠园”背山面海。墓门前两侧长廊式的花坛既可供人观赏，又可供人休憩。长廊旁有一巨型足踩式钢琴，脱鞋后踏踩黑白琴键，即可奏出邓丽君演唱的歌曲的简单音符。墓园入口用鹅卵石铺成一个双色圆盘，美观洁净。甬道两旁绿草如茵。左侧草地上有一尊古铜色的邓丽君立像：身着演出服，面部笑靥粲然，两手上扬，好像正全身心投入地演唱一支甜美的歌。右侧矗立的山形巨石上，镌刻了“筠园”两个描金大字。邓丽君的墓穴是用黑色大理石覆盖的。墓碑上简单地写着“邓丽筠1953—1995”。墓碑顶端有邓丽君侧卧的头像，右手柔软地直伸，像在安眠，又像凌空欲飞……墓前堆放着她的亲友和歌迷敬献的鲜花，其中尤以她生前喜爱的红玫瑰最为炫目。芳草有情，花香四溢，烘托出一种恬静缅怀的氛围。特别令人动情的是墓地设有可供吊唁者选播十首“怀念歌曲”的音响装置。人们只要一按电钮，就可传出《千言万语》《小城故事》《何日君再来》《原乡人》《我只在乎你》《忘记他》《雨夜花》等用普通话、闽南语、粤语以及日语演唱的优美歌曲……

游人越来越多，停车场里停满了小汽车和大巴士。友人说，这片墓地原来十分冷清。墓园主很有商业眼光，他用极其低廉的象征性的售价将“筠园”提供给邓丽君之母，从此这里变成了旅游景点，其他墓穴的售价因之陡增，卖出了天价。

我来到点播“怀念歌曲”的装置前，在标有《千言万语》歌名的下方按钮，墓地四周很快就传出了那熟悉的歌声：“不知道为了什么，忧愁它围绕着我。我每天都在祈祷，快赶走爱的寂寞……”

这支歌是邓丽君为琼瑶的第二部影片《海鸥飞处》配唱的插曲。由于唱出了那个苍白年代的台湾少女对爱情梦幻般的憧憬和失落感，邓丽君的演艺事业由此迈上了一个新的台阶。这支歌后来成为了邓丽君的主打歌，她举办演唱会时常以这首歌开场。不少歌迷都曾回忆，不论演唱场地如何喧闹，只要邓丽君的歌喉吐出“不知道为了什么……”，台下顿时就会变得鸦雀无声。不过，邓丽君尽管给听众带来了不少美的享受和爱的慰藉，但她自己却始终没有“赶走爱的寂寞”。她是一个很重感情的人，却老是爱上不该爱的人。她从来不去讲那些有负于她的男友的坏话，一直在压抑自己的情感，默默舐着心灵的伤痕。她的朋友曾多次为她物色事业有成的配偶，但由于邓丽君不愿退出演艺圈专做少奶奶，都未成功。临终之前，陪伴在她身边的只有一位叫保罗的法国青年。

刚播完《千言万语》，有一对中年夫妇带着一个小女孩来到墓前，献上了一只小花篮。那女孩轻轻唱着：“晶晶，晶晶，孤零零，像天边一颗寒星……”我听着耳生，便好奇地问这是一支什么歌。女孩的父亲告诉我，这首歌是台湾电视连续剧《晶晶》的主题曲。12岁的邓丽君就是以这首歌初现荧屏的。她细腻入微地唱出了一个小女孩失母的悲哀，从而引起了歌坛的注目。于是，琼瑶筹拍第一部电影《彩云飞》时，特意请邓丽君配唱。她的演唱跟电影女主角甄珍的表演珠联璧合，因而奠定了她在影坛和乐坛的地位。

参观完“筠园”，我跟友人来到长廊，坐在石板地上休息。这里已聚集了不少游人，除台湾各地的歌迷外，还有日本、新加坡和中国香港、澳门地区的记者和观光客。友人告诉我，1995年5月28日，也就是为邓丽君举行公祭和葬礼那一天，自发前来吊唁的歌迷更多。成千上万民众通晚在殡馆等候，为的是跟邓丽君见上最后一面——其中有坐轮椅的老人，也有怀抱婴儿的妇女。启灵时，由于通道被挤得水泄不通，灵车一度寸步难行。

由谈论邓丽君的葬仪引发，在场的相识和不相识的人自然而然地聊起了邓丽君魅力之所在。有位来自新加坡的老华侨说：“邓丽君的歌喉很甜美，无论是海峡两岸，还是其他国家的华人社区，都有数不清的邓丽君的歌迷。她自己并不是一个很快乐的人，但从20世纪60年代中期到90年代，她的歌却带给中国人很多快乐。”另一位台湾演艺界人士说：“邓丽君虽然走红，但绝对不摆红歌星的架子。这是她的一贯作风，也是她为人处世的态度。在生活上她也比较简朴，坚持不用名牌，佩戴的珠宝大多是假货。”这时有一位女中学生翻开她的日记本，朗读起邓丽君生前答记者问：

最喜爱的服装：网球装

最喜爱的蔬菜：空心菜

最喜爱的玩具：洋娃娃

最喜爱的休闲活动：一个人品茶听音乐

最多的藏品：有关自己的新闻剪报……

周围的人们得知我来自中国大陆，便好奇地让我谈谈对邓丽君的印象。我坦率地说：“我并不是邓丽君的追星族，只是对考察文化现象怀有浓厚的兴趣。无论对于古典音乐、民族音乐还是流行音乐，我都有广泛的爱好。我以为，邓丽君演唱的歌曲内容虽然良莠不齐，但风格是一贯的。如果说，中国古代的词人可以分为以苏轼、辛弃疾为代表的豪放派和以李清照、李后主为代表的婉约派，那么可以说，邓丽君就是中国通俗歌手中婉约派的代表人物。她对海峡两岸歌坛的影响恐怕是不可抹杀、不可低估的，不过，邓丽君死后，中国大陆也流传着关于她的政治身份的一些说法……”我刚说到这里，在场的人几乎众口一词地说：“台湾官方想在政治上利用邓丽君的影响，这是毫无疑义的，但邓丽君决不是一个政治性的人物。只不过她从小生活在国民党部队的眷村，潜移默化，接受了一些糊涂的政治理念。”他们反问我：“如果她对台湾的政治现状有好感，为什么还会长期侨居国外，甚至客死他乡？”“如果她是台湾国防部的什么人，为什么死后竟不许葬在国防部的墓地？”

暮色渐浓，天边的云彩变得更加迷离缥缈。不知不觉间，游人渐渐散去，此时，山间又回荡起邓丽君甜美的歌声。不知怎的，我脑海中浮现出了与白朗宁夫人齐名的一位英国女诗人的诗句：“请你记着我，当我动身走远，走远了，到那静寂的国土。”（克里斯蒂娜·罗塞蒂：《请你记着我》）又忆起了邓丽君生前演唱的歌曲中的一句歌词：“我会永远永远爱你在心底，希望你不要把我忘记……”我想，《圣经》中所谓“你本是尘土，复归于尘土”，这仅仅是指人的肉体；对于人的事业而言，墓碑并不是生死的界标，坟茔也绝非人的终极地。凡是在不同领域为人类文化做出过独特贡献的人，人们是终究不会把他（她）忘记的，即使她本人已回归那静寂的国土……

望之俨然，即之也温

——在台北与李敖聊天

李敖——台湾文坛的独行侠，他性格复杂，面貌众多，被喻为都市丛林中的稀有动物。他说过：“与知心朋友谈天，我很愉快地说很多话；与俗人相处，我就非常爱沉默了。”我肯定不是李敖的“知心朋友”，又不能肯定自己是不是“俗人”，所以从来没产生跟他聊天的念头。

其实，我认识李敖已有十年之久。早在 1989 年 6 月，李敖的小友苏荣泉来北京，约我编五本《鲁迅语录》，用以跟他推出的六本《李敖语录》配套——这套书的编者应凤凰女士也是我最早结识的台湾朋友之一。这年 8 月，我做梦似的飞到了台湾，经常活动的场所就是位于台北敦化南路490号的李敖出版社。我记得这家出版社还挂了其他几块招牌，如天元出版社之类，不过仍然是李敖出版社的一彪人马。就在这家出版社的办公室里，我见到了李敖。他当时留给我的印象是身材适中，皮肤白皙，似乎是着一身长袍。我身高体肥，十分醒目，又来自大陆，按惯例，作为东道主的他可以先跟我打声招呼。但李敖不苟言笑，似乎根本没有发现我的存在。出于文人的自尊心，我也没有主动走上前去自报家门，说些“心仪已久”“仰慕之至”的话。倒是他那位慈眉善目的老母跟我握手寒暄了一番，并合影留念。

不过，每逢周末，小苏都要出大钱盛情款待我，如去日本料理店吃生鲍鱼，听甄妮小姐唱歌……小苏对我说，这笔招待费其实都是李敖先生掏的。他希望我回大陆之后能替李先生收集一点台湾“二二八”事件的资料——当然，李先生还会付资料工本费。

此后我几乎每年都有来台湾的机会，只不过再也没见到过小苏——他感到自己还年轻，出版社前途黯淡，不如改行去炒股或帮“金主”做放债收息生意。然而，迎接他的却是接二连三的挫折：先是炒股被套住，后是放息被绑架，最后是到泰国旅游被枪杀。幸而凭着李敖先生的胆识和义气，几经周折，他替小苏的遗孀从8家保险公司讨到了高达2亿3790万新台币的人身保险金（约合86万美金）。其中酬谢李敖先生的部分，用于办一家"荣泉出版社"，迄今已出版了20巨册的《李敖文集》。小苏生前跟我说，他对李敖是很忠实的；李先生也承认他跟国民党斗争时，小苏是第一线的人物。用小苏的部分保险金为李敖出书，我想这会符合小苏的遗愿。

1999年9月，我第五次赴台湾，终于得到了与李敖聊天的机会，原因是我受友人之托，给李敖带去了五千多美金——这是北京友谊出版公司支付《李敖回忆录》的版税。这位友人叫陈敬介，台湾出版界的一位新秀，在台湾东吴大学读书时曾代表学生会邀请李敖前去讲演，最近又在策划出版一本名为《李敖在东吴》的书。由陈敬介先生陪同，我到李敖先生在台北敦化南路的寓所拜访了他。

现在留在我记忆中的是一间阔大的书屋，大约是打通四间房装修而成。靠墙摆满了顶天立地的书柜，房中间也摆着书桌和书案，上面横横竖竖地躺着书籍和杂志。李敖收集资料的原则是"贪多务得，细大不捐"，"宁失之过滥，不失之交臂"。他文章的威力很大程度上就来自于资料的丰富性和准确性。对李敖来说，冠以“资料大王”的称号的确不是溢美之辞。

我这回见到的李敖笑容可掬，热情地给我沏茶、续水。这印证了他的一则自评：“我的做人比我的讲话好，我的讲话比我的文章好。光看我的文章，你一定以为我是一个穷凶极恶的家伙。”

因为我是鲁迅研究者，所以很自然地由鲁迅的挚友许寿裳先生引入话题。李敖说，目前台湾有些人认为，许寿裳 1948 年 2 月 18 日深夜被人杀害于台北寓所，是由于小偷行窃被发现，转而行凶，并非政治性谋杀。我说，当时在台湾的一些文化人（包括许寿裳亲属）认为，许先生在台湾“二二八”事件前夕被暗杀，跟当时笼罩全台湾的白色恐怖有关，跟许先生在台湾宣传鲁迅业绩、撒播“五四”新文化运动种子有关。我还告诉他，台湾“中央研究院”副院长张光直最近发表了篇回忆录，题为《蕃薯人的故事》，其中谈到他因 1949 年 4 月 6 日国民党情报机关策划的“四六”事件被捕，被关押在又旧又矮又破的台北监狱。有一次，他在牢房墙上看到一行字，刻在离地面约一尺高的地方。这几个字是“杀许教授万伡受苦”。“万伡”正是杀害许寿裳的凶手高万伡的名字。这就证实了当时一个说法：国民党特务利用高万伻行凶之前曾有过不予处置的承诺，结果由于许案震动了全国，国党政府只好杀人灭口，拿高万伻当替罪羊。“杀许教授万伻受苦”，正是高万伻喊冤的声音！

接着又谈起了已经去世八年的台静农教授。台老是鲁迅领导的文学团体未名社的成员，在台湾执教四十余年，桃李盈门，又擅书艺，故在台湾文化界享有很高的声誉。但李敖对台老颇有微词，归纳起来大约有两点：一是认为台老疏懒，二是认为台老胆怯。“疏懒”的证据，是《静农论文集》所收文章写作时间长达55年，平均下来每天只写了19个字。每天写19个字便成了大学者，可见台湾知识分子标准的乱来。“胆怯”的证据是台老来台之后噤若寒蝉，从来没有发表过纪念鲁迅的文章，反过来倒在胡适面前称“门生”或“后学”。对于前一点，我没有发表意见；对于后一点，我为台老做了一些辩解。我说，从北洋政府执政到国民党政府执政，政治日趋黑暗，统治日趋严酷。当权者用皮鞭、镣铐、监狱、电刑、枪杀……实施残酷的教育，使人们见酷而不再觉其酷。专制政体下多有沉默的国民，少有反抗的英雄，这并不足怪，应该侧重从时代寻找原因而不宜苛求个人。台老在20世纪30年代是左翼人士，曾参加中国共产党，因而多次被捕入狱，甚至株连家属；来台湾之后又目睹了许寿裳被杀的惨剧，因而寄情于烟酒书法。这其实是一种无奈。李敖耐心地听取了我的观点，没有表示异议。

话题转到了写作方面。李敖又重复了他的自评："50年来和500年内，中国人写白话文的前三名是李敖、李敖、李敖。"他认为鲁迅的白话文比不上他的白话文纯净。我说，鲁迅是中国现代白话文的奠基者之一，也是中国文学由以文言文为正宗向以白话文为正宗过渡的桥梁。在中国现代文学的草创时代，鲁迅书面语言的成分比较复杂，既有通行的民间口语，也有方言俚语、外来语；鲁迅由于看过许多旧书，耳濡目染，写白话文时还常不免流露出古文的字句和体格。对于后者，鲁迅自己并不满意。他在《写在〈坟〉后面》表示："我以为我倘十分努力，大概也还能够博采口语，来改革我的文章。"不过，鲁迅作为中国现代语言大师的崇高地位，已为举世所公认。

我询问李敖的写作习惯，问他那上百册的著作是不是一气呵成、一挥而就的。李敖说，他从来没有急就章，他的文章都是深思熟虑、反复斟酌之后才付排的。他随即展示了《李敖快意恩仇录》中《宣淫记》一节的手稿。手稿被裱成了卷轴，上面有认真修改的笔迹。凡援引外文处，大多是剪贴原文的影印件，以免转抄有误。即使援引旧作，他也做了润饰，并没有原文照贴。李敖说，会修改文章的人，不会留下修改的痕迹，好比从会化妆的人脸上看不出着意化妆的地方一样。他的前妻、影星胡茵梦，每天都要用两小时化妆，但给人的印象却是未施脂粉。

李敖还补充说，他修改文章的一个秘诀是朗读。宋代大散文家欧阳修写《醉翁亭记》时就反复朗读，务求文从字顺，语调圆熟，虽千回百转而毫不滞涩。比如“临溪而渔，溪深而鱼肥；酿泉为酒，泉香而酒洌……”最初写的是“泉洌而酒香”，朗读后改为“泉香而酒洌”，与前文双句成对，工整贴切。李敖说他写完文章后也像欧阳修这样反复朗读，细心琢磨，注意语言的色彩、音调、力度、韵味。

我问李敖今后的打算。他说，对于他的才能，读者所知不过是一小部分而已：最早人们知道他是历史学家，不知道他是文学家；后来读了他的杂文，知道他同时又是文学家，而不知道他是演说家（据说他小时候有点对齿，发音时不那么利落）。近些年来，他在电视台开辟了《笑傲江湖》专栏，专揭国民党的黑幕，又经常接受广播电台的采访，人们已普遍承认他口才好，善雄辩，是演说家。然而，他还有一个才能没有被人们普遍认同，那就是他还是小说家。他创作过一部小说《北京法源寺》，写得细节逼真，连对寺庙窗棂的描写都是根据历史照片，而不是随意虚构。有一次他在医院排队领药，一个摩登女士回过头来说："李敖先生，你的《北京法源寺》写得好极了！"他顿时有知己之感。他说，他今后准备创作更多的作品，那时读者就都会佩服他这位有潜能的小说家了。

不知不觉已近中午，我们的聊天已经持续了两个小时。李敖下午一时半要去电台录音，所以我们只好中断谈话，立即去吃午饭。离开他寓所之前，李敖送了我两本书。一本是去年台湾最畅销的《李敖快意恩仇录》，扉页上的题词是"漱渝先生清赏　李敖　1988 年 9 月 20 日"；另一本是鲁迅编辑的《海上述林》上卷，1936 年 5 月以"诸夏怀霜社"的名义出版，总印数仅 400 部，扉页上写的是"以此奇珍送漱渝先生　李敖

1998年9月25日”。他又破例带我参观了卧室。卧室里有两幅大照片。一幅是“H”的头像。这位台湾电影《窗外》的女主角，被李敖称之为最漂亮的女人。《李敖快意恩仇录》中选取了作者给她的五封情书。另一幅是一对双胞胎洋妞的裸体——1971年至1972年，这幅照片陪伴李敖度过了近一年的铁窗生涯。

为了节省时间，我们就餐的饭馆就在李敖寓所的楼下。吃的是客家菜，为了助兴，又喝了一点啤酒。菜的味道不错，我吃了很多，李敖便又添了一道菜。待饭毕，吃完果盘，李敖才慢条斯理地说：“我过50岁之后，注意节制饮食，所以现在身体很好，精力过人。陈先生，以你的年龄应该少吃一点。因为今天我做东，所以等你吃完之后我才说这番话。”听到这里，我内心顿时一热，想起了友人对李敖的评论：“望之俨然，即之也温。”在朋友面前，李敖确实是率真的，忠厚的，温情的……

临别前，我不禁脱口而出：“李敖先生，希望你争取回大陆看看。”我知道，李敖是一位有中国情结、民族正气的学者。他不忘本，很念旧，对中国大陆一往情深。他1935年4月出生在哈尔滨，后来在北京内务部街住了约十年——这里留下了他童年的欢笑和幻梦，还有他那最感温馨最感神往的春梦无痕的初恋。无怪乎他常痛斥那些自称“小蕃薯”或“大芋头”的台独分子，骂他们夜郎自大，数典忘祖。然而李敖仅仅跟我紧紧握手，并没对我的话做出直接回应，似乎心情十分复杂。

我回到下榻的地方，急切地翻开刚得到的《李敖快意恩仇录》，发现书里有以下一段话：“‘重温旧梦就是破坏旧梦’，就是我的名言，我当然深信不疑。……‘近乡情怯’，怯心一起，就是提醒你不近为宜。我如今在台湾一住50年，50年间，一天也没离开，原因之一，就是智足以知怯。‘故园梦重归’比真重归好得多……我终将化为白毛老怪，死在台湾……生为白山黑水之民，死为草山（阳明山）浊水（浊水溪）之鬼。”

但我想，“梦重归”跟“真重归”的感受毕竟会有很大差别。李敖是一位在大陆拥有广大读者群的作家，除开他的两部回忆录之外，他的文集也将全部在大陆出版。李敖先生能不能“以智胜怯”，再次踏上他一往情深的故土呢。我跟他的广大读者都在期盼着……

飘飘何所似，天地一沙鸥

——台湾女作家三毛冥归周年祭

1991年年初我在台湾滞留的时候，本想找机会拜访三毛，因为她不仅跟我同姓，而且父辈又同住在台北市健康路一带，但这种念头刚刚萌生，几乎港台所有报纸都刊登了三毛在台北荣民医院自尽的消息。这一天，伊拉克正式接受美国建议，愿意在日内瓦会谈讨论波斯湾危机。但不少报纸刊登三毛死讯的篇幅远远超过了报道波斯湾的篇幅。也就在这一天，台湾有10家广播电台在35个节目中播放了三毛最后的声音，三毛对热爱她的读者说："对于这全新的纪元1991年，我的心里充满着迎接的喜悦，但愿各位朋友也能有同样的心情。"她还说："生命真是美丽，让我们珍爱每一个朝阳再起的明天……”然而，她自己却突然抛弃明天而去了。

三毛在她48年的短暂生涯中，一直追求的是生命的燃烧，她希望她的燃烧能得到一些结晶，而不是一堆灰烬。她的这一心愿无疑得到了实现：她生命的结晶就是她遗留的23部作品，其中包括18本著作，以及5本译作。这些作品以真纯的爱为动力，以浪漫的感情与放逐的流浪为基调，以“窥视他人”以及“勇于被窥视”为独特风格，在华人世界赢得了广泛的读者——这些读者中尤以转型期的青少年居多。三毛的作品能够风靡一时是一个值得深入探讨的社会现象。究其原因，不仅是由于文字的简单朴素和故事的余韵无穷，更重要的是她以笔下新奇而广阔的世界抵销了周围世界的压迫感，以疏缓细腻的笔调使生活节奏紧张的人们获得了情绪的松弛。她对国家，对同胞——特别是对中下阶层命运的关切，作品字里行间洋溢的民族意识以及用一颗平凡的心容纳这个世界上平凡事物的广阔胸襟，又使她作品的思想境界得到了升华。1990年，三毛以西班牙文撰写的中篇小说获得了“塞万提斯文学奖”，标志着她的影响已经超越了中文世界。令人痛心的是，三毛未能进一步挖掘她向新的高峰攀登的潜力，就匆匆告别了对她寄予厚望的读者，也给自己留下了许多遗憾：未能完成大陆游记《悲喜交织录》，未能完成一部描写中年人感情世界的剧本，更无法实现她撰写《陈氏家传》的宏愿——在这部鸿篇巨制中，她要从自己家族的历史写到中国人近百年的生活史……

三毛的早夭给亲友和读者带来的是深沉的哀悼。她身体孱弱的母亲顷闻噩耗几乎昏厥；她上海的义父张乐平在唁电中写下了“至恸！至恸！白发人送黑发人，情何以堪”这种催人泪下的字句；她的读者以抢购她作品的方式无言地表达了对她的依恋。仅三毛逝世消息发布的当天，台北金石堂书局就售出了三毛著作 4400 本，台湾其他地区也订售了近万册，使出版三毛作品的皇冠出版社的仓库人员忙得不可开交。

当然，三毛的猝死也给人们留下一连串的问号与惊叹号，舆论界的评价大相径庭。有人认为她的自杀其实是她跟读者之间的一种特殊沟通方式，代表一种受苦、绝望的呼喊，并期望凭这种激烈的方式唤起别人的关心。另有人认为三毛的做法反映出一种不负责任的人生态度，是自私、任性、大不孝。在当今时代，对于同一社会现象看法不一本是一种正常的事情，舆论完全一律倒是咄咄怪事。令人愤慨的是，港台新闻界与文化界有人乘机制造绯闻和谣言，更为荒唐的是竟说荷西之死纯属三毛编造，三毛跟荷西是因感情不合而离异。

凡是略微熟悉三毛身世和作品的人都知道，蓄着大胡子的西班牙人荷西·马利安·葛罗是三毛的丈夫，一个平原大野似的男人。他们相恋12年，其中共同生活的时间有6年，他们婚前有一段精彩的对话——

荷西："你要一个赚多少钱的丈夫？"

三毛："看得不顺眼的话，千万富翁也不嫁；看得中意，亿万富翁也嫁。"

荷香："说来说去，你总想嫁有钱的。"

三毛："也有例外的时候。"

荷西："如果跟我呢？"

三毛："那只要吃得饱的钱也算了。"

荷西："你吃得多吗？"

三毛："不多不多，以后还可以少吃点。"

就这样，他们在浩瀚的沙海中度过了一段物质生活最贫乏而精神生活最富足的日子。他们分担悲哀，共享欢乐。凡属三毛所做的事，在荷西看来均属理所当然；每当荷西下班回家，三毛感到连家具似乎都会说话。先是柴米夫妻，终成神仙眷侣——这就是三毛与荷西的婚姻史。1979年9月30日，荷西在爱琴海潜水时意外丧生，三毛的精神“沙堡”顷刻坍塌。出殡的前一晚，三毛为荷西做了最后一件事：亲自把坟挖好，一铲一铲的泥土和着她的泪水。此后，三毛由一个时哭时笑的人变成了一个难哭难笑的人。

荷西未死的谣言在三毛死后日趋扩散，似乎成了绘声绘影的真相，使三毛的亲友感到极大的困扰，乃至于无法忍受。三毛之父陈嗣庆律师公开了三毛的西班牙护照，上面注明了三毛的寡妇身份；他同时出示了西班牙报纸，上面有荷西死亡的新闻报道。三毛在加纳利群岛的邻居张南施先生也仗义执言，证明三毛作品中所叙述的西班牙纪闻肯定是真实的。三毛在文化大学任教时的学生姜孟蓉小姐接受了《自立晚报》的独家采访，介绍了她陪同三毛前往荷西墓地上坟的情况：三毛神情黯然，一身素衣，在清理墓地时，一再默默注视着荷西墓前那座木刻的十字架——在大理石墓碑中显得较为寒伧。在三毛与荷西位于加纳利海港寓所的车库中，保存着荷西出事时装备的鱼枪和潜水用具——这是三毛最深的伤痛，三毛当地的邻居们都不愿走近这个地方。经过三毛亲友唇焦舌燥的解释，“三毛死后，荷西复活”的传言方得以遏止。

对于三毛的死因，不同人从不同角度进行了分析，提出了“身患绝症说”“剧本受挫说”“感情孤独说”等种种揣测，上述解释各有其合理因素，又各有其片面性。是的，三毛的确长年为疾病所折磨，以致需要靠不停地抽烟和大把地吃止痛片支撑自己写作，但是，她并未患不治之症，医院已安排她在自杀的次月出院；是的，三毛创作的《滚滚红尘》的确在大陆和港台都遭到了非议，然而，根据这部剧作摄制的影片毕竟获得了台湾金马奖的八项奖，其中就包括了最佳剧情奖，这实际上是对三毛的一种不具名的肯定与表彰；是的，自荷西死后，三毛再也没有遇到一个能够给她以生活勇气的男人，然而她毕竟顽强地度过了 11 年的孀居岁月。她回大陆探亲旅游时还曾表示，她如果再结婚，希望找一位大陆的中国人，以弥补缺乏大陆生活的空白。由此可见，将三毛推进地狱之门的绝非单一的原因，而是综合交织的因素。

带着上述未获圆满解答的问题，我拜访了台湾《联合报》副主编痖弦的夫人张桥桥和柏杨夫人、女诗人张香华。三毛的这两位女友，在不同时间、不同场合分别向我提供了大体相同的答案。她们说，三毛的灵魂是不安的艺术之魂。她的生命是多种矛盾的混合体。她的一生经常处于生之向往与死之诱惑之中。她的感情温柔而流变，时而动如风，时而静如潭，时而飘如浮云，时而柔如溪水。她置身于现实社会，却沉湎于幻想世界。她希望她的生活中永远充满戏剧性，永远是高潮迭起。她选择的死亡方式，在她的生命史上制造了最后一个高潮。听完这两位三毛生前友好颇有见地的分析，我联想起三毛说过的一段话："我在这个世界上，向来不觉得是芸芸众生里的一分子，我常常要跑出一般人生活的轨道，做出解释不出原因的事情。"

在悼念三毛的日子里，台湾《中国时报》在"艺文生活"版刊登了一份《演艺圈轻生档案》列名于这份档案的有林黛、莫愁、李婷、丁皓、洪波、乐蒂、杜娟、翁美玲，其方式有服毒、引颈、卧轨、封闭门户打开煤气等等，究其原因，无非是精神或物质生活的不顺遂。这些事实又给予我一个深刻的启示：三毛之死在台湾并不是一个孤立的事件。无论在艺文界或其他界，类似的情况都经常发生。这又使我联想起三毛在台湾生活的真实感受，她说："台北那个地方，滚滚红尘，我是不想久居的。在那儿心思不清明，整天忙来忙去，而内心一样空虚如死。"又说，"台北有她的美丽，那就是强悍的生命力与压迫感，台北的美丽也在于她的竞争，可是从小到大，我最不喜欢的就是比赛。"还说，"台北太不可爱，四周充斥着人情压力，令我引以为苦。"这就表明，三毛的个性其实是社会特征的投射。她内心经受的熬煎，其实所摹写的是一个举世皆病的时代。想到这里，我感到对于三毛的死因只有从自身、家庭以及社会环境等多方面进行综合考察，才能形成一个较为明晰的认识。

三毛去了，像夏夜的流星，殒落在光华最灿烂的时候，给我们留下了久远的忆念、深沉的思索和一份具有独特价值的文学遗产。1962 年，19 岁的三毛在台湾《现代文学》杂志第 12 期发表了她的处女作《惑》，描写她大病初愈，心血来潮，要外出写生的情景。慈爱的母亲当时苦心地劝阻她，而她却拼命捶着大门，发疯似的大喊："不要管我，让我去……让我去……"20 年后，重温这段文字，竟感到有如谶语。

三毛原名陈懋平，又名陈平。她之所以选择“三毛”为笔名，因为她自己定位很平凡，同时也是作为对画家张乐平创造的那个三毛的纪念。她还解释说，“三”是“乾”卦，“毛”是“坤”卦，三毛”暗含“乾坤”“天地”之意。“飘飘何所似，天地一沙鸥。”不要问她从哪里来，也不必问她往何处去……

她希望葬在母亲墓旁

——台南访苏雪林教授

在学中国现代文学史的时候，我就常听人谈论“珞珈山上三女杰”，即20世纪30年代曾活跃于武汉大学的三位女性：凌叔华、袁昌英、苏雪林。凌叔华是一位爱国作家、画家，在海外飘泊三十余年仍心向祖国，1990年病逝于北京石景山医院，实现了她落叶归根的夙愿。袁昌英是一位学者兼作家，她的剧作《孔雀东南飞及其他》，散文集《山居散墨》《行年四十》均为上乘之作，但解放后她多次蒙冤，1973年刚开始为她落实政策，她竟溘然长逝。在“三女杰”当中，最引人注目也最招人非议的是苏雪林。

引人注目，是因为比较起来，苏雪林的著作最丰。

据不完全统计，她的学术著作有16部，其中最具特色的是她的屈赋研究。在文艺创作园地，苏雪林也遍涉了小说、戏剧、散文、传记等领域。在鲁迅藏书中，至今还保存着一本苏雪林的散文集《绿天》，扉页上写着："鲁迅先生教正　学生苏雪林谨赠7.4.1928"。招人非议，是因为她对鲁迅的态度似乎来了个一百八十度的大转弯。1934年冬，她曾在《国闻周报》上发表《〈阿Q正传〉及鲁迅的创作艺术》。在这篇论文中，她不但肯定鲁迅是中国最早、最成功的乡土文艺家，而且承认他的代表作能"与世界名著分庭抗礼，博得不少国际的光荣"。她还对鲁迅小说的艺术特点进行了精辟的分析，指出鲁迅的小说用笔深刻冷峻，句法简洁峭拔，体裁新颖独创。对于鲁迅杂文的成就，她还准备另写一篇论文（《论鲁迅杂感文》）详加论述。不料两年后鲁迅刚刚去世，她就发表致蔡元培、胡适的公开信，辱骂鲁迅"心理变态""人格卑污"，是"二十四史儒林传所无之奸恶小人"。与此形成对照的，是她对胡适一味吹捧的态度。在一篇关于胡适的文章中，她甚至说在客厅面对胡适，"受宠若惊之余，竟有种如醉如梦、疑幻疑真的感觉"（《悼大师，话往事》，《新生报》1962年3月4

日）。用这样一种出尔反尔、刻薄偏激的态度论人衡文，自然不能不为文坛所诟病。

不过，我到台湾之后，还是想拜访一下这位苏教授，了解她的晚景，并当面问问她对鲁迅和胡适为什么持截然不同的态度。目前，“五四”时期的女作家硕果仅存者唯谢冰心与苏雪林二人。冰心是本世纪的同龄人，今年92岁；而苏雪林是上世纪末生人，今年已经“浮生九五”。如果再不抓紧时间采访，恐怕就后悔莫及了。

访问前，台北一位朋友告诉我，苏雪林是1949年离开大陆的，先在香港一个教会团体真理学会任职，后到巴黎研究神话。1952年到台湾，先后在台湾师范大学、成功大学任教，其间一度至新加坡任教于南洋大学，1973年退休，在家从事著述。有一年，台湾文化界为苏雪林祝寿，特意把她从台南接到台北。原定由一位达官贵人出席致贺词，但庆典开始后，这位贵人却渺如黄鹤。与会者原以为他有要务缠身，事后一打听，才知道是因为歌星苏芮赛场失利，情绪不佳，他特意安抚劝慰去了。这位朋友愤慨地说：“台湾政府就是这样重视文化和文化人的！”友人的这番话，更引起了我对苏雪林境遇的关切，在台南市东宁路15巷5号，我终于见到了苏雪林。这是成功大学为她提供的住宅。灰墙、朱门、前后两院；平房内有大小卧室三间，客厅一间，厨厕俱全。1972 年之前，苏雪林曾跟她的胞姐淑孟女士在这里组成了一个“姐妹家庭”。苏雪林跟丈夫张宝龄感情不和，结婚 36 年，同居不到 4 年，姐姐就是跟她相依为命的人。她们曾在院内搭鸡棚，种丝瓜，使这里一度充满盎然生气。然而，1972 年她姐姐不慎跌伤，引起各种宿疾一齐并发，去世时年龄不足 80 岁。此后，苏雪林就孤身一人在此生活，院落也从此显得冷落荒芜。

苏雪林是在她的客厅跟我会见的。她坐在竹沙发上，黑色的中式衣裤把她的白发映衬得银光闪闪，她的两眼原是炯炯有神的，因年迈，又架上了一副银边眼镜，显得有些萎缩浑浊。但在她高高的颧骨下，刻下了两道八字形的笑痕，使客人感到她本人并不像她的文字那样难于亲近。她的两耳已完全失去了听力，连助听器也成了多余之物，向她提问必须把问题先写在一叠废纸上；但她回答得仍条理清晰，声音也高亢有力。

我首先提出的问题，自然是她为什么要对鲁迅采取这种激烈攻击的态度。苏雪林说：“有人说，我之所以攻击鲁迅，是因为我对鲁迅单相思，爱而不得转为恨。

这是没有根据的。我对鲁迅反感，主要是因为他人格分裂。鲁迅一方面从国民政府的文教机构领薪，每月得200元大银洋，至死才罢；另一方面又在文章中轻蔑地称国民政府为南京政府。”苏雪林还问：“我有一本论鲁迅的书——《我论鲁迅》，大陆上能看得到吗？”我说：“现在大陆改革开放，不同观点的学术著作包括您的书，我们都能看到。”

作为一个鲁迅研究者，对于苏雪林的观点，我自然是无法苟同的。因为常识告诉我们，一个人的职业，并不能成为衡量其政治立场、思想倾向的主要依据。比如为了谋生的需要，恩格斯曾在一家公司工作达20年之久并成为该公司的股东，这丝毫也不妨碍他成为工人阶级的思想领袖。鲁迅到上海定居后，被蔡元培聘为大学院特约著作员，因“绝无成绩”，于1931年底被裁。在此期间，鲁迅曾撰文谴责国民党政府“攘外必先安内”的政策，这怎能成为他自玷人格的证据呢？苏雪林曾用三段话对鲁迅进行概括；“鲁迅的人格是渺小、渺小，第三个渺小；鲁迅的性情是凶恶、凶恶，第三个凶恶；鲁迅的行为是卑劣、卑劣，第三个卑劣。”（《我论鲁迅·自序》）用这种谩骂来取代研究，使苏雪林关于鲁迅的文章丧失了学术价值，因而也失去了论辩的意义。由此可见，政治上的偏见，是如何诱使一个有才华的批评家逐步走上了背离公正立场，歪曲客观事实的歧路。

我提出的第二个问题，是问她为什么如此敬重胡适。苏雪林说：“谈起适之先生跟我的关系，有同乡和师生的两层。胡先生是徽州绩溪人，我是安徽太平人，论地理很接近。1919年秋，我在北京女子高等师范就读，胡先生教过我半年多中国哲学。但是，我敬仰他，主要是因为他在‘五四’文学革命时期和抗战时期的贡献。我们常说文言文有3000年历史，历史不为不久，其深入人心不为不深，但胡先生竟于短时期内将它推翻了。抗战时期，胡先生又出任驻美大使，他走了25600公里路，到各城市讲演了几百场，周末也不休息，热情宣传中国抗战，以致累成了间歇性的心脏病。我写过一篇《胡适先生百年冥诞感言》，阐述的就是以上观点。”

苏雪林对胡适的看法，虽然不无偏颇之处，如以白话取代文言不能全部归功于胡适。胡适在“七七”事变之前对日本的态度也跟全面抗战爆发后的态度有很大不同，但毕竟是这位老作家的一家之言。不过，据我了解，苏雪林对于被她视为偶像的胡适，也有大不敬的时候。1961年，苏雪林曾以她的屈赋研究为成果竞选台湾“中央研究院”院士，结果没成功。她误认为是历来偏袒她的胡从中作梗，一怒之下，便给胡适的友人王世杰写了一封极端无礼的信，信中说：“可惜者胡适之先生坚抱林乃一区区女人，不配做学术之成见，于林著作并不细阅，便当头一闷棍。林之受其沉重打击者凡二次矣……若胡先生恶我无礼，从此断绝师生关系则亦已矣。不许我继续取得科学会补助费，亦无惧，我将远走南洋，老死海外，不向人乞此嗟来之食也。”（苏雪林 1961 年 8 月 9 日致王世杰的信）一周后，苏雪林又写信乞求胡适宽恕，说她信中所以言词唐突是由于“恃宠而骄”。苏雪林与胡适交往史上的这一插曲，再次证明她有时感情胜于理智。古希腊哲人亚里士多德说：“勃然大怒是容易的，任何人都能做到，但要愤怒得恰到好处：合适的对象、合适的范围、合适的时间、合适的内容以及合适的方式，这却不容易，并不是每一个人都能做到。”回想 58 年前，胡适曾告诫苏雪林：“凡论一人，总须持平，爱而知其恶，恶而知其美。”看来苏雪林在事实上并未接受这一意见。

最后，我询问了苏雪林目前的生活状况。她说，她是 1973 年退休的，领取了一次性退休费 20 万新台币，外加其他贴补，共 26 万，存入银行，每月可领 3700 元利息。目前台湾物价飞涨，这点利息，已无法维持最低水平的生活，只得靠笔耕来补贴。正因为收入太少，无法雇用一个女工整天照料生活，只能每月挤出 4000 元雇一个零工，早中晚工作不到两小时，早上烧开水，中午、晚上热饭。苏雪林对这位女工很不满意，说她贪，不论什么东西都拿，但又离不开她。正说着，这位女工进来做午饭。她砰的一声推开门，既不理睬主人，也不理睬客人，就径奔冰箱取食物，脸上气鼓鼓的样子。她把食物放在桌上，准备坐下收拾，不料没有看清凳子，一下摔了个屁墩。我们没敢笑，也没有去扶她。她自己爬起来又去干活了。

苏雪林接着说，她早起喝点奶就细阅报章，有时耗尽整个上午。下午睡觉起来，饮茶提神，阅读各方来信，或写复函，或提笔为文。她跟大陆侄辈联系较多，跟文坛老友如冰心等也有书信往还（说到这里，她拿出了冰心的来信、照片及捎来的两本书：《冰心读本》《冰心文集七》）。晚上精力不济，只能看看电视，晚 11 点吃安眠药上床，听风撼窗户，鼠走天花板，觉得似乎是她姐姐的灵魂又回来看她，非但不惊，反而觉得是一种安慰。

我问苏雪林有没有回大陆的打算；如果经济困难，有台湾朋友愿意资助她。苏雪林说，这已经不可能了。她不仅耳聋眼花，而且1987年6月跌断左脚，无法复原，目前仍拄杖而行。她说，她百年之后，如能将骨灰坛安葬在安徽她母亲的坟畔，使她亡灵能长依慈母膝下，也就心满意足了。听到这里，我不禁感到凄然。记得在传记体小说《棘心》中，苏雪林曾饱蘸泪水描绘她眷恋故乡、眷恋母亲的心情。她说她15岁后在省城里读书，每年巴望着到暑假，好回故乡看她的母亲，虽然只有三四百里的路，却又要坐轮船，又要换木舟，还要乘轿子，并要在那种臭虫牛虻聚集的旅店歇息，一路很是辛苦。尽管如此，她每年必定要回去。她写道："只要母亲在那里，便隔着大火聚，大冰山，连天飞着炮火，我也要冲过去投到母亲的怀里！"然而，苏雪林今生却跟故乡的山水海天永隔了。

快到午饭时刻，我起身告辞，在客厅跟这位充满矛盾性的"九五老人"握别，走出她家那朱红色的大门，我脑海中仍不时浮现出她蹒跚的身影。我似乎看到她用颤抖的手翻箱倒柜，寻觅一件母亲为她缝补过的衣衫，预备作为去世后她的殓衣，然而找了又找，她还是没有找到……

人生难得是欢聚

——台北两晤林海音

一队骆驼从门头沟走过来了。双峰的驼背上，每匹都压着沉甸甸的乌金墨玉般的煤块。它们从门头沟出发，迈着蹒跚的步履，伴着缓慢而悦耳的铃声，来到顺治门煤栈的墙边，停下来，一边从大鼻孔里喷出热气，一边上牙和下牙交错地咀嚼着草料。

一个小女孩，身着小洋装，额头挂着一排刘海儿，后脑勺垂着一条又短又黄的辫子。冬阳下，她睁大一双乌金墨玉般的眸子，好奇地观察骆驼们进餐。当骆驼的牙齿磨来磨去时，她自己的牙齿也不觉磨动起来。

这是六十多年前北平城南街头的一幅小景。从20世纪50年代末期开始，女作家林海音让这些乡土风情的风俗画从记忆深处浮现出来，而后用她那纤细传神的妙笔将它们移到纸上。从创作《惠安馆》开始，至写完《爸爸的花儿落了》为止，林海音一连写了五篇以她的童年生活为题材的系列小说。1960年，她将这组小说集为一册，题名《城南旧事》，交台湾光启出版社印行。近30年来，这本小说又先后由纯文学出版社、尔雅出版社一版再版，在台湾的广大读者群中产生了强烈反响，唤起了他们淡淡的乡愁，沉沉的相思。特别是根据这部小说改编的同名电影1982年在马尼拉国际电影节获最佳影片奖，1984年在第14届贝尔格莱德国际儿童电影节获最佳影片思想奖，1985年获香港十大华语片奖之后，林海音的名字蜚声世界，受到了广泛的赞誉。

影片中有一个感人肺腑的场面：在学校的毕业结业典礼游艺会上，全体与会的小学生在风琴的伴奏下唱起了《骊歌》：

长亭外，古道边，芳草碧连天。
晚风拂柳笛声残，夕阳山外山……
天之涯，地之角，
知交半零落。

人生难得是欢聚，

唯有别离多……

这首歌的基调无疑是感怀伤别的，但“人生难得是欢聚”一句，近来却偏偏不时跳入我的脑海。那原因是，我新近在台北与林海音女士欢聚。她那乐观开朗的性格，老骥伏枥的精神，完全冲淡了我的伤别情绪。于是，我选定这句歌词为题，记下我跟她两次难忘的会晤。

那是去年 9 月 8 日下午，林海音女士在位于台北市忠孝东路四段的青叶餐厅为一位赴美深造的女作家饯行，我也忝陪末座。林女士祖籍是台湾苗栗县，台湾是她的第一故乡，因此她选择了这家有名的台菜馆作为聚会的地点。同席共 12 人，大多是林女士的老熟人；其中有一位特殊的客人，那就是专程从日本东京飞赴台湾搜集林海音研究资料的山上女士。

林女士知道我来自大陆，十分高兴。她劈头就说：“《城南旧事》一开头，让一位老妇人用苍老的声调朗读旁白：“只因为那些事情都是在童年经历的……每个人的童年都是这样愚骇而神圣吗？’你看我的样子苍老吗？你听我的声音苍老吗？你一定要把我这个意见带回去。我如果有机会到大陆，一定要重新为影片配制旁白。”说完，她爽朗地笑了。

林女士是“五四”运动的同龄人，去年整70岁，但声音甜美，脸上看不出皱纹，操一口纯正的北京口音；特别是经过恰到好处的化妆，益发显得雍容华贵。我说：“林先生（这是台湾人对她的习惯性尊称），我听过您灌制的《林海音讲童话》录音带，音响效果极好。您亲自为《城南旧事》配制旁白，一定能使影片更为生色。”我接着问，“您已是古稀之年，没有什么病痛吗？”“没什么病，只有糖尿病。”说完，她又爽朗地笑了。

我提起电影《城南旧事》中英子的扮演者沈洁，说这孩子一双水灵灵的眼睛挺传神的，体现了原著用童稚眼光看大千世界的艺术特色。我只是担心她长大之后会发胖，影响今后的银屏形象。林先生连忙摆手打断我的话：“不胖，不胖，她现在读高中了，长得仍然很可爱，她准备今后到日本学艺术，跟我一直保持着联系。”我又提起电影中疯女人秀贞的扮演者张闽，林先生说跟她也有通讯联系。林先生听说我是一个影视迷，便特意问起白杨在电视剧《洒向人间都是爱》中扮演宋庆龄的情况。她说，白杨是她中学同学，给她来过信，欢迎她到上海做客，准备以拿手菜来款待她。谈起这些事，林先生眼中闪动着异样的光彩。我想，林先生真不愧是一位心悬两地的爱国作家，她心中不仅仍然活动着半个世纪前北平城南的那些人物——穿街绕巷唱话匣子的，穿着燕尾服变戏法的，扎着长辫子唱大鼓的，在大戏场扔手巾把儿的……而且时时惦念着大陆的故友和新朋。无怪乎她作品中的故事和人物，命运常会维系在海峡两岸。

席间不便长谈，我便跟林先生约定，改日到她的出版社去采访她。

第二次会晤的时间是9月27日上午。行过重庆南路，穿过一条条长长的林荫道，在音响店、医院、家具行、面包店、餐厅等林立的招牌中，“纯文学出版社”的字样分外醒目。这家赢得“常青树”雅誉的出版社创立于1967年，以文学性、知识性书籍为主要出版方向。该社成立以来，出版的读物十分广泛，不但可以囊括各类体裁的文艺作品，而且还出版了一些政治、文化、伦理、语言等方面的优秀读物，其中除林海音本人的作品外，还有她丈夫何凡翻译的《包可华专栏》（1—13集），撰写的短评《不按牌理出牌》《人生于世》；次女夏祖丽撰写的访问记《她们的世界》《年轻》《提笔的人》《人间的感情》；

儿子夏烈编译的儿童读物《小坏蛋宝波》。特别有意思的是纯文学出版社还出版了林海音的公公夏仁虎（松巢老人）撰写的《旧京琐记》《清宫词（200首）》和她外孙张安迪、张凯文撰写的游记《哥儿俩在澳洲》。由此看来，林海音的文学事业不仅上有渊源，而且下有承传。她的家族，真不愧文学世家之称。

在一间陈设典雅而略显拥挤的办公室里，林海音对我侃侃而谈。她告诉我，纯文学出版社原有二十来个员工，平均每月都能出版一部选材谨严的读物。近些年文学书刊销行不景气，只剩下了包括她在内的五个人在支撑局面。她认为出书应首先着眼于它的文艺价值、学术价值，而不应一窝蜂地赶着出版单纯以赢利为目的的畅销书。每一本书的诞生，从纸张、编排、封面设计、文字校对、图片搭配乃至发行销售，她都要精心策划，毫不懈怠。她把职工视为子弟兵，真心关心他们每个人的生活，给大家轮流提供出国旅游的机会。她自己也身先士卒，每天上下午都坚持上班。林海音语重心长地说："目前在台湾，办严肃的出版社可以说是无利可图，但我仍勉力维持，不轻易停业——那原因，就是自觉肩负着文学的使命，社会的使命，台湾的使命，历史的使命。"

林海音有一个人人称道的幸福家庭，所以她跟我谈话时，总是情不自禁地提到她的先生。她先生原名夏承楹，笔名何凡，生于1911年12月，1934年从北平师范大学外文系毕业后，即进入成舍我先生办的《世界日报》担任副刊编辑。在这里，他结识了林海音，1939年结为伉俪。他们结婚时，同宗夏元瑜先生赠送了一份别致的贺礼——两只翠鸟栖息在一截树枝上，树枝钉在一块心形木板上。半个世纪以来，他们的生活始终恩爱甜蜜，就像那两只相依相偎的翠鸟。何凡有一段怀念北平婚后生活的文字："如论写作环境，不禁使我们十分怀念北平南长街那一所小三合，乃至永光寺那三间南向小楼。尤其是当风雪之夜，我们听着炉上嗡嗡的水壶声，各据一桌，各书所感；偶然回头看看床上睡熟的孩子的苹果脸，不禁相视而笑，莫逆于心。"

来台后，林海音编辑《国语日报》的《周末》周刊，该版没有稿费，何凡就帮着写稿来填满这几千字的版面。林海音刚受聘于《联合报》副刊时，正怀着孩子，大腹便便。发稿、看大样一类事，就义不容辞地落到了何凡肩上。何凡创办《文星杂志》，林海音也大力相助，承担了审编文艺稿件和校核的全部工作。1972年，夫妇俩出版了一部散文合集《窗》，选收了他们1950年至1970年的小品文数十篇，留下了他们共同生活中的很多美好的记录。何凡对他的太太可说是十二万分满意的，他甚至深情地说过，结识林海音是他生命中的“最大收获”；他们共同养育了四个孩子，是他的“最大成就”。1987年4月15日，台湾文艺界为林海音举行了一次温馨的生日晚会，庆祝她70岁寿辰。何凡以“寿公”的身份致辞，以幽默的语言盛赞林海音的“妇容”“妇德”，引得满堂喝采。林海音的好友、旅美作家琦君寄来一首嵌名贺寿诗：“籍盛声名满华夏，芝兰玉树已成林。玻璃垫上才如海，合奏云窗金石音。”不仅颂扬了林海音的成就，而且赞扬了他们夫妇在“芸窗”（意即书斋）共同笔耕的伉俪深情。

林海音告诉我，她先生是一位体育迷，在北平读书时，就是北海溜冰场上的健将，几十年没停止过运动。80岁了，没有住过一天医院。1985年3月在瑞典哥特堡举行第38届世界杯乒乓球赛，他自费前往，不错过观赏每一场重要比赛。但林海音最引以为自豪的，还是她先生的短评。她说，何凡一生的主要事业，是办《国语日报》和为报纸写专栏。1953年12月1日至1984年，他在《联合报·玻璃垫上》专栏发表了5400多篇短评，总字数有五六百万字，他的千字短文富有社会批判性，时而骂议员，时而骂教会，时而骂不良现象，见地一针见血，文笔锋利幽默，读起来在促人省悟的同时，还经常令人忍俊不止。

1989年12月，林海音双喜临门：既是她的金婚纪念，又欣逢她丈夫八十华诞。林海音献给她丈夫的礼物，就是编一套《何凡文集》，计27册，收文1000篇，约五六百万字——不包括译作。林海音满怀深情地说，她近来倾全力做的就是这样一件事。她认为出版《何凡文集》不仅可为她先生留下一个珍贵纪念，而且提供了一部近30年的台湾社会史。出齐这套书约需300多万台币，约合12万美金。她估计到《何凡文集》的销路不可能很广，她准备用房子作抵押，以保证出好这套书。

我希望林先生再谈谈对台湾当前社会的感想，林先生不假思索地说："台湾社会近些年来的确逐步富起来了，但也出现了道德水平逆向发展的令人忧虑的情况，社会上充斥着暴力与色情。不过，大部分台湾民众还是继承了中华民族的传统美德，这就是勤劳。"林先生告诉我，她每天早上五点半起床，擦把脸，换上休闲装，就快步走到离家两站远的国父纪念馆去遛弯，在附近找处清静的树荫做运动。这时天刚蒙蒙亮，但卖菜的农民就进城了，还有一些小贩在卖烧饼、油条、水煎包。他们的确能赚钱，但赚的是辛苦钱。林先生还说，她亲见一位中年妇女，每天骑车送饭，从凌晨送到上午 9 点，一人一天要送 500 份。她看到这些人很感动，想写一篇谈“勤”的文章，弘扬我们民族的这种美德。

听林先生说“勤”，我自然联想起她本人的业绩。在台北，林先生是一位有口皆碑的高产作家。1955 年 10 月，她出版了第一部散文集《冬青树》。此后，她伏在堂兄赠送的一张矮脚长书桌上，陆续写出了散文集《两地》《作客美国》《窗》，童话集《林海音童话集》，小说集《绿藻与咸蛋》《晓云》《城南旧事》《婚姻的故事》《烛芯》《孟珠的旅程》《春风》。近年来，她又出版了她的京味儿回忆录《家住书坊边》、文坛回忆录《剪影话文坛》、作品评论集《芸窗夜读》，如果再加上她翻译和编辑的读物，那数量真是相当可观。在林海音看来，“编出好东西也是种创作”。从 1953 年至 1963 年 4 月，她主编《联合报》副刊达十年之久。1967

年 1 月至 1971 年 6 月，她还主编了《纯文学》月刊共 54 期。林先生就像一位辛勤的耕耘者，用自己的汗水浇灌了这些园圃上的无数文艺新苗。诗人余光中在一首嵌名诗中赞扬道："你手栽的幼苗，皆已成林；你爱的关注，已汇成大海；处处都传来，潮水的声音。"林先生的女婿庄因先生也撰文说，他的岳母"对'勤'一字，真当之无愧"。

在跟林先生的两次晤谈中，我当然再三欢迎她早日回到"第二故乡"北京来看看。我深知这位"比北平人还北平"的作家，是时时怀恋她生活过 26 年的这座古城的。我可以负责任地透露，去年 5 月，她已经组织了旅游团到西安、北京参观访问，只是因为一些风波，这一计划才未付诸实施。林海音表示，在合适的时候，她当然还是要回来看看的，不过她不愿意惊动亲朋之外的更多人。我相信，在不久的将来，会有一位老人迈着稳健的步履，在北京城南的胡同里寻觅她童年的梦，就像她 60 年前背书包走出椿树上二条，穿过鹿犄角胡同，向厂甸迤北的师大附小走去一样……

今我来思，雨雪霏霏

——访梁实秋公子梁文骐

台北南港“中央研究院”的一间办公室，里面没有华丽时髦的家具，也没有堆积如山的中洋文书籍。留在我记忆中的，只剩下了一台电脑，一个塞满了烟头的马蜂窝似的烟灰缸，一块写满了算式、数据的大玻璃黑板，以及办公桌上零乱堆放的十几个小花盆——那里面开着矮矮的不知名的小花。主人是一位思维敏捷、精力充沛的老人，他不停地吸着烟，也不停地用电磁炉烧水沏茶招待来客。他就是我国现代散文大家梁实秋的公子梁文骐先生，现任台湾“中研院”统计所研究员兼“中央大学”统计研究所教授。

1992 年 11 月 19 日下午，我在“中研院”文哲所讲演之后，专程拜访了梁文骐先生，目的当然不是谈论在我看来既深奥且枯燥的数学问题，而是想了解一些梁实秋先生晚年的生活状况，以供大陆的现代文学研究者和梁实秋散文爱好者参考。陪同我采访的，还有台湾现代文学研究专家秦贤次先生和赵润海先生。精心安排这次采访的许素朱小姐，是梁文骐先生的学生，也是梁先生的小友。她专攻科技，获台湾清华大学资讯所博士学位，又热爱文艺，擅长用电脑作画，现任台湾艺术专科学校副教授。她还是一位热忱探讨人类苦难之根源和极限的旅行家，撰写了不少游记、杂感和短论，结集为《关怀何必曾相识》一书。占领梁先生办公桌的那些小花，就是许小姐对梁先生的“关怀”，使这间烟雾缭绕的研究室，在秋冬之季仍洋溢着盎然春意。

梁文骐先生首先表示，他对鲁迅的作品相当熟悉，对鲁迅其人相当肯定。他认为鲁迅旧学底子厚，所以写出的白话文功力也深。从文学角度讲，鲁迅的作品在中国文学史上是不朽的。他说，他在重庆清华中学就读时，校长是名教育家传仁敢，国文教师叫周光午，这位周老师崇敬鲁迅，不知通过什么途径，保存了鲁迅的不少原稿。他曾以鲁迅手稿为教材，告诫学生写文章要舍得割爱。因为删改后的文字虽然简短，但没有废语冗词，字字句句掷地有声。梁先生建议鲁迅博物馆做番调查，看看周老师原来保存的这些手稿现在还有没有。

我问梁先生，梁实秋除撰写过《我与鲁迅》之外，是否还跟他谈过有关鲁迅的问题。梁先生说："偶尔谈过，但没有专门谈。我父亲晚年提到过关于文学阶级性的那场论争，但他的见解没有变，还是老样子。"

谈完鲁迅，我接着问："那你认为梁实秋在中国现代文学史上又占什么地位呢？"梁先生说："站在家属立场，我很难讲话。说他好，是老王卖瓜；说他不好，是大逆不道。站在一个读者的立场，说话则比较自由。我认为梁实秋的散文确有独特风格，在中国文学史上应有一席之地。他的散文跟鲁迅散文的共同之处是，文字都很精练，语言都有幽默感。梁实秋受英国散文影响较深，也有国学根底。他祖父是秀才，家庭环境对他不能不产生影响。但没听说他特别喜欢哪位古代作家的文章。此外，以一个人的力量译完莎士比亚全集，这也是父亲的一大功劳，中国翻译史上的壮举。"

我向梁先生介绍，关于"抗战无关论"，大陆前些年有一番论争。有人认为梁实秋抗战时期并没有提倡与抗战无关的作品，只是说写抗战有关的尤为欢迎；写与抗战无关的，只要不是八股，也应允许。所以左翼文坛对他的批评是错误的，至少是个误会。另一种意见是，梁实秋的按语似乎讲得面面俱到，但他一贯反对文艺的功利性。他自己在那一时期的作品，其实就是“抗战无关论”的标本，而在当时，迫切需要的却是战斗、呐喊的作品，即使艺术上有些粗糙，也不应该讥之为抗战八股。所以，当时对梁实秋的批评仍然有其历史合理性。

我请教梁先生对这场争论的看法，梁先生没有直接表态，只是委婉曲折地说：“一个人写什么文章，他主观上是要负责任的，但客观因素也不可忽视。过分强调个人责任，就无法解释社会现象。‘万马齐喑究可哀’，如果只问一匹马为什么不嘶鸣，就不会寻求到深刻的答案。父亲早年对政治感兴趣，尖锐的文章大多写在抗战之前。抗战开始之后，他虽然在国民参政会当参政员，但已经不太讲什么话了，他为什么韬光养晦、收敛锋芒？因为有困难，当时言论自由的尺度有限。抗战胜利后思想统治更为严酷，连闻一多、李公朴这样的民主人士都被暗杀了。文艺创作受到条条框框限制，就不能写出好的作品，这从国内国外看都一样。唐诗佳作如云，但跟皇帝奉和的诗没有一首是好的，都是垃圾。十月革命后产生的伟大作品也很少，在总体上难跟托尔斯泰、陀思妥耶夫斯基这些大师的作品相媲美。台湾的情况也是这样。”

听到这里，我追问道：“梁实秋到台湾后，写了《白猫王子及其他》《雅舍谈吃》一类散文、小品，琐屑如牙签、痰盂，平凡如洗澡、睡觉，鄙俗如脏、懒、馋、鼾，无所不谈，就是不抨击时弊。有人认为白猫是梁实秋的影子——斯文、柔弱、撒娇，就是不捕捉老鼠。不知梁实秋到台湾后的心态究竟如何？”

梁先生回答说：“这种批评有道理呀！为什么写些猫、狗，不多写些人和事呢？父亲自己也觉得不对头，但又有什么法子呢？那时的情形，他有子女在大陆，但自己身处台湾，他能说些什么呢？你要他怎么写呢？父亲临终前，聋得很厉害。有一次我去看他——名副其实地‘看’，因为很难交谈，跟他说话只能对着他耳朵吼叫。临别前，父亲长叹一声，说了很短的一句话：‘想写的东西不能写。’原话如此，不用多加解释，我看，这并不是梁实秋一个人的悲剧。”

我忽然忆起外间有传闻，说梁实秋初到台湾不久，因过去有民社党身份，被情治单位误捕而坐了三个月冤牢，由张道藩和林挺生分头奔走而得以重见天日，但不知这件事是否确实。梁先生斩钉截铁地回答："父亲没有坐过牢，这完全是无中生有。"

我又谈到，目前台湾文艺界除对梁实秋的散文有所批评外，对他的翻译工作和回忆也提出了非议。如有人认为梁实秋尽管花费了40年光阴译述《莎士比亚全集》，但一生写作却未受莎士比亚批判精神的洗礼；译文也有讹误。作为闻一多的老友，他的《谈闻一多》一书未能做到知无不言。比如闻一多被暗杀的事件震惊了全国，而梁实秋却推说闻一多到昆明以后的事情他一概不知。

梁先生说："对梁实秋翻译活动的评价，是个很艰深的问题，见仁见智在所难免。至于提倡批判精神，要看身处什么时代、什么国度、什么环境。看问题不脱离时间、地点、条件，这应该是唯物辩证法的观点。我认为无论是鲁迅，还是我父亲，抗战之前谈的问题都很现实。后来则不然，比如王实味，因为写《野百合花》掉了脑袋，这篇文章的内容今天看来，其实普通得很。谈闻一多也是这样，当时在台湾是个敏感问题，因为我父亲写这篇文章时，跟李、闻案有关的人还健在，又有权，所以不便公开讨论，等到这一事件的当事人影响消失或基本消失之后，如何评价才能公开地、自由地讨论。”

我很想了解梁实秋在台湾的生活状况，梁先生说：“我是父亲去世前几年才来台湾的，1983 年到美国，1985 年到台湾，了解的情况不多。据我所知，父亲来台湾后，先后在台湾大学、台湾师大教书。1952 年以后专任师大教职，曾担任英文系主任七年，文学院院长三年。他跟同辈人很少交往，文坛上跟他关系较密的有刘英士、余光中、痖弦，还有出版界的蔡文甫、新闻界的丘彦明等。退休之后，他一般早上五点起床，在附近街上散步半小时，回家喝牛奶，然后进书房看书写作。中午、晚上从冰箱取一些快速食品充饥。晚饭后看看电视新闻，八九点钟就上床睡觉了。父亲退休早，退休金不多，晚年主要靠卖文为生。他的稿酬在台湾可说是最高的了，普通作品一字的稿酬合新台币一元，父亲的稿酬是一字四元，即使这样，所得也很少。因为他爱惜羽毛，写文章精益求精，不追求速度和数量，版税也有限。比如他编的《英汉大词典》，由台北远东图书公司出版，有各种版本，历销不衰，出版社赚了大钱。父亲为此花了五年心血，版税一共才拿到 20 万新台币，平均每年只有 4

万新台币，这点钱又能派什么用场呢？”

我请梁先生介绍一下梁实秋去世前后的情况，梁先生说：“父亲对于死可以说是没有思想准备。他是因心脏血管阻塞突然去世的，所以不可能预料什么时候辞世。但他的确感到来日不多。他曾对我说，他有一种感觉，他像沙漠中的旅人，快渴死了，而有很多老鹰在他头顶盘旋，等他断气之后好来啄食他的身体。这是什么意思呢？因为大家看到他八十多岁了，身体状况又不好，便作他身后的打算，有的赶紧约他撰稿，有的赶紧向他索字，有的赶紧抓时机跟他合影，所以他觉得老鹰已经在头上转了。去世三年前，他预备了一份遗书，主要是希望死后不举行公祭，不收奠仪，不举行任何宗教仪式……在给我的信中提到‘死欲速朽，何用铺张’。《联合文学》的丘彦明问他死后有没有灵魂。他摇头说：‘死了，就是死。像蜡烛一样，火一吹就熄了。’为父亲选择墓地时，风雨凄凉，我想起了一首古诗：‘昔我往矣，杨柳依依；今我来思，雨雪霏霏。’”

我听后怃然良久，然后问：“梁实秋临终前是否想写一部回忆录？有没有未完成的创作计划？”梁先生说：“梁实秋没想写回忆录，但想写一部《中国文学史》。

他教了一辈子英文，我私下问他：‘你的中英文水平到底哪种高？’他毫不犹豫地说：‘当然是中文好，中文是我的母语呀！’比如对杜诗，他就很有研究，抗战胜利后到北平，他搜集的杜诗版本有几十种。他用中文写了三大册《英国文学史》，又想在译完《莎士比亚全集》之后用英文写一部《中国文学史》，但为时已晚，未能遂愿。”

话越谈越投机，我便大胆问及他继承梁实秋遗产的情况。梁先生的回答大出我的意料之外，他说：“父亲死后我什么都没有拿，分给我的仅仅是父亲在台湾九歌出版社出版作品的版税，这家出版社的负责人蔡文甫先生跟父亲很熟。父亲晚年从那里预支了30万新台币的版税。古代的规矩，是父债子还。我便问蔡先生：‘你是不是要追账？你要还钱，那我就不客气，只好登报声明脱离父子关系。’蔡先生说：‘不会。不会追账。’”我开玩笑说：“阿弥陀佛。如果我父亲死了，可千万别让我继承这份遗产。”梁先生听了黯然一笑。

我再问：“有人说，梁实秋在台湾被捧成了文坛的‘至圣先师’，被捧成了‘白区文坛的神’，但我不知道台湾有什么出版、研究梁实秋著作的规划。”梁先生说：

“这类事情很难办。台湾是个商业社会，很难纯粹从学术、艺术的角度来考虑问题。梁实秋的作品由台湾不同的出版社出版，每个出版社都要考虑它的版权，所以很难做系统性的工作，出版他的全集很难。前不久，蔡文甫先生对我说，大陆出了一本梁实秋的书信集，很不像样子，他们出版社想出一部比较像样的梁实秋书信集。”

梁先生提到的这本梁实秋书信集，我推测就是名为《倾城之恋》的梁实秋、韩菁清通信集。对于“梁韩姻缘”，舆论褒贬不一。据说76岁的梁实秋跟影歌双栖明星韩菁清分别两个月，致韩之信就多达85封，有时一天写两三封，每封都是密密麻麻的两大张，连背面、旁边都是字。韩复梁信也有60封。梁实秋八十寿辰时，有人写诗祝贺：

秋公八十看不老，敦厚温柔国之宝。
雅舍文光重宇宙，窗前喜伴青青草。

但也有人对梁实秋的黄昏之恋不以为然。梁实秋与原配夫人程季淑风雨同舟47年。1974年，程夫人因意外事故死于侨居地美国西雅图，梁实秋作《槐园梦忆》

痛悼，这本书因情文并茂，打动了无数读者的心。但1975年5月9日，距《槐园梦忆》出版还不到两个月，梁实秋就跟年轻时代风靡过上海滩的美女韩菁清宣告结婚。有的读者说，《槐园梦忆》给人的泪水犹且温热不绝之际，忽然听到这种消息，其惊愕茫然之状，恰似读完《出师表》之后，就听说诸葛亮不出师了；读完《正气歌》之后，就传出了文天祥投降的消息。他们觉得自己上了当，受了骗，感情上久久转不过弯来。

我问梁先生对他父亲这段姻缘的看法，梁先生说："对这种纯属个人的事情，我想我也不能替我父亲说什么。人总有做错事的时候。我爸爸也是人，有他的长处，也有他的短处，不能认为我爸爸做的事每件都正确。对于个人的感情生活，有的人处理得好些，有人处理得差些。在文人圈子里，能处理好个人问题的好像找不出几个。我母亲死后，父亲再娶，本无可非议，问题是婚姻的处理是不是很得当。据我所知，台湾对父亲这段婚姻批评的人很多，并不是认为老伴死了不能续娶，而是说再娶应该慎重，不可以随便。"

我想起有文章提到，1987年11月1日晚，86岁的梁实秋心脏病突发，11月3日晨去世。发病当晚，他孤身一人在家，而韩菁清女士正在美容院洗发。平时夜间，韩女士也经常外出应酬、逛街、美容。梁实秋入睡了，她才开始活动。待她回家入睡，梁实秋就起床工作了。梁先生说："不错，事实就是这样，但这也不能怪我后母呀。人都是环境的产物。对我这个后母，你还能希望她怎样呢？她过去的生活经历那样，要求她跟梁实秋结婚之后突然变成另外一个人，这是强人之所难。"

不知不觉间，我们从下午三点谈到了五点半。许小姐带我们到地处研究院路二段的梁先生寓所吃便饭。梁先生亲自掌勺，许小姐帮厨。席间梁先生打开了一瓶从大陆带来的茅台酒，大家都乘兴喝了几盅。饭后边吃水果边看电视。梁先生家的电视有"中耳朵"装置，不仅可以收到大陆中央电视台的节目，而且大陆各省台的节目都能收到。在台湾看到大陆河山，我倍感亲切。忽然忆起梁实秋在遗嘱中，曾要求葬在离台北不远的较高的视野广阔的地方。如果梁实秋九泉有知，我不知道他是否在高阔处看到了故园故友？是否看到大陆的梁实秋研究已被纳入了健康的学术轨道？是否看到了那些热情的读者，正在书市比肩继踵的人潮中挤来挤去，用节衣缩食的钱来抢购散发着油墨香的新版《梁实秋散文》……

他在争议中保持自我

——台北三晤柏杨记

我喜欢思考尚存争议的问题，也乐意结识一些有争议的人物。因为一些机遇，我最近三次会见了深居简出的柏杨。在台湾，他有过坐牢九年零二十六天的传奇经历。他的小说、杂文、历史著作一直畅销不衰。在中国大陆，有人认为他剖析民族性弱点的著作是为了催促国民反省，有人却认为他的思想偏激，以偏概全；有人认为他的作品语言诙谐幽默，尖锐泼辣，有人却认为他率尔出言，文风粗俗。特别在前些年，有人将柏杨的作品跟鲁迅的作品进行比较研究，又引发了一场柏杨杂文是否超越了鲁迅杂文的很动感情的争论，这更引起了我对柏杨的兴趣。我不想就那些众说纷纭的问题匆忙发表己见，只希望能多听柏杨谈谈自己，谈谈他对上述问题的看法。即使他的谈话再度引起争议，我认为对于研究柏杨这个台湾文学史上的客观存在也是会有裨益的。

1990 年 12 月 13 日中午，我第一次见到了柏杨。那是在一家出版社的老板王荣文先生举行的一次午宴上，地点是中国大饭店中餐厅。我记得同席的有被誉为台湾“核工业之父”的孙观汉博士——柏杨被捕期间，跟他素昧平生的孙博士不顾个人安危奔走营救，并编了一本《柏杨和他的冤狱》进行抗议。还有《中国时报》《人间》副刊主笔季季女士、《传记文学》出版社社长刘绍唐先生、新近出版的长篇巨制《浪淘沙》的作者东方白先生等。席间柏杨妙语连珠，不时引发阵阵笑声，只是我当时的注意力集中在美酒佳肴上，他当时的妙语事后已一句都记不清了。

吸取这次教训，1991 年 1 月 5 日上午，我驱车来台北县新店市花园新城的柏杨寓所进行了长时间的专访。不仅做了笔录，而且录了音。在场者有柏杨太太、诗人张香华女士，台湾现代文学研究专家秦贤次先生。

我首先问起了导致柏杨入狱的“大力水手”事件。这件事发生在 1968 年，当时柏杨在他前妻倪明华主编的

《中华日报》家庭版上，开辟了一个《大力水手漫画》专栏。其中有一幅漫画，内容是父子二人合购了一个小岛，在岛上建立了王国，并由父子二人竞选总统。这幅画触怒了台湾当局。他们以“侮辱元首”“通匪”的罪名于同年3月7日将柏杨关进了监狱。柏杨从小丧母，不知自己的生日，后来他入狱的日子就成了他的生日。

我请柏杨坦诚回答，他刊登这幅漫画究竟是否有意讽刺蒋家父子？柏杨说：“我当时并没有想搞什么影射，但在潜意识中却有不满蒋家父子的东西。我跟别人不完全一样。40年来，我从来没有称共产党为‘匪’。我觉得应该尊重人家。我认为共产党军队的军容风纪超过了当时国民党的部队。我在蒋经国领导的‘中国青年反共救国团’服务过，切身感到蒋经国神经过敏得很。那时有一部西方影片，描写拿破仑被囚于一个海岛，他的情人去探监。男演员好像是马龙·白兰度，女演员是苏菲亚·罗兰。蒋经国征询我们对影片的意见，我们说看不出有什么问题。蒋经国说：‘这是在讽刺我们退居海岛呀！’这部影片于是就被禁演了。离开‘救国团’以后，我去了《自立晚报》。报社经费支绌，发不出薪水。报社在长安东路口，我家住在通化街。乘公共汽车要花一块钱买票，我就穷得掏不出这一块钱，只好花两小时步行回去。为了生活，我开始写杂文，因为报社可以不发工资，但不能不发稿费——不发稿费就没有人写东西了。那时台湾警察局门旁都挂着一块牌，上面写着‘作之师，作之君，作之亲’。你一个警察，要充作老百姓的师长，你有多大学问呀？‘作之君’，你想当皇帝吗？‘作之亲’，你还要当老百姓的爸爸？我用杂文讽刺这种畸形的社会现象，引起了广泛共鸣，以致‘三作牌’成了警察的代名词，所以警察对我恨之入骨。久而久之，官方对我产生了一种印象：这个人有反政府倾向。我整天生活在风声鹤唳之中，所以‘大力水手’事件不是偶然发生的。官方一直在找我的毛病，这幅漫画成了他们的一个把柄。”

为了不致长久沉浸在对梦魇般岁月的回忆之中，我把话题引入对鲁迅和鲁迅作品的讨论。柏杨说：“我自少年时代便尊敬鲁迅。我认为鲁迅是中国近代（20世纪30年代到80年代）最伟大的作家，即令不是唯一，也是之一。我佩服他对恶势力的战斗精神和对社会问题的坦率检讨精神，以及‘横眉冷对千夫指，俯首甘为孺子牛’的赤子精神。就是在台湾警备司令部军事法庭上，我也没有掩饰这份尊敬之情。有人将我置于鲁迅的敌对面，这是不符合事实的。”

有人将柏杨在台湾的生活概括为“十年小说，十年杂文，十年铁窗，十年史学”。他在20世纪50年代多写小说，反映在台湾的中国人因战乱和贫穷而演出的悲剧，表现出社会上存在的种种不公平现象。除三毛、琼瑶的作品外，柏杨的小说在台湾是销售得最多的。去年我路经香港时，就正值根据柏杨小说《异域》改编的同名电影上演。柏杨常说他的小说是学鲁迅的，但有人认为这样讲“是对鲁迅不敬”。

柏杨说：“我的小说真的受了鲁迅的影响。在高中时代，我就读过鲁迅的小说，如《阿Q正传》《故乡》《祝福》《药》《孔乙己》《狂人日记》。鲁迅的小说数量不多，但就是那几十篇小说，使我有个感觉：自从白话文运动以来，鲁迅的小说还是最好的。鲁迅的小说内容沉重，表现手法朴拙，每一篇含义都很深刻。现在的人看小说是为了消遣，不爱读沉重的东西，但看过鲁迅的小说之后，你会感受到一种精神压力。你要思考，不会很愉快。受鲁迅影响，我创作小说，也是出于一种爱心和使命感，不考虑有没有世俗利益。就技巧而言，鲁迅的小说没有说教的味道，是通过艺术形象在潜移默化中改变读者；不像有的作家，用一种强硬架势把自己的信念灌输给读者。其次，鲁迅的小说用字简洁，常常第一句话就能把读者抓住。我不喜欢日本小说，因为日本作品拖泥带水，我的小说就是用简洁的手法。总之，跟前代作家相比，跟同代作家相比，鲁迅的小说都是非常杰出的，我对鲁迅小说的唯一褒贬是他用词有时稍嫌僵硬，其他地方我都很喜欢。不过，影响我小说创作的东西很多，如传统小说、西方小说。西方小说中对我影响最大的是《基督山恩仇记》。大仲马那种运用巧合的技巧对我有很大启发。”

柏杨是因 20 世纪 60 年代创作杂文而名噪一时的。他揭露中国几千年“酱缸文化”所造成的人性弱点，触及了一些很尖锐的社会问题。虽然他自认为他的小说和杂文“都很成熟”，但一般读者多偏爱他的杂文。一般评论家很少提及柏杨的小说，甚至在一部 625 页篇幅的《台湾现代小说史》中也找不到柏杨的名字。我问柏杨：“论者多把你的杂文跟鲁迅杂文进行比较，而你却似乎否认鲁迅杂文对你的影响，你对鲁迅杂文究竟如何评价？”

柏杨说：“就文化发展的规律而言，后人都会受到前人的影响，或接受，或反对，或接受一部分，不可能完全不受影响。我的杂文当然会受鲁迅影响，但比较而言，我喜欢鲁迅的小说。鲁迅的杂文满贵族化的，也可以说是高级知识分子的杂文，不是三教九流什么人都可以读懂。上高中时，我也接触过鲁迅杂文，但读起来感到很艰难。待到我能读懂的时候，我已经看不到鲁迅的书了。台湾查禁书刊禁得非常彻底，鲁迅著作不是轻易可以找到的。就鲁迅而言，他的小说对我影响较大，杂文对我影响较小。我现在看到30年代鲁迅那些人批判社会上的恶劣现象、批判国民党的文章之后感到非常痛心，不是觉得批评过分，而是说那时批评过的东西，有些现象还存在，有的甚至变本加厉。我读这种文章，常替我们的文化人难过，这种痛苦体现着文化人的一种失落感。”

我好奇地问：“既然鲁迅杂文对你影响不大，那又如何看待你的杂文跟鲁迅杂文的诸多一致性？比如内容的批判性，语言的反讽、妙喻、文白夹杂……”柏杨说：“1981年我去美国，有些朋友也问过类似问题：‘你以前没有到过美国，为什么会有民主观念？’我那时想，亚里士多德、孟德斯鸠等人，他们也没有到过美国，为什么也有这种想法？鲁迅的想法并不是纯属他个人的，只不过他有机会讲出来，有胆量讲出来，有胆识讲出来。讲出来后，一般人可以沟通，可以为人接受。文学作品反映的问题都存在于社会，很多人都想到了。如果除作家本人之外没有其他人想到，那文章就不可能引起共鸣。”

我接着又把谈话拉回到柏杨杂文跟鲁迅杂文的具体比较问题。柏杨只字不谈他的杂文是否超越了鲁迅，仅就后人能否超越前人的问题发表了他的看法。他说：“有人一直质问我，你配跟鲁迅相比吗？我想，如果我崇拜的鲁迅还存在的话，他会责备这种说法。怎么不能比较呢？后人永远应该超过前人。我认为鲁迅是可以批评的。如果变得不能批评，鲁迅也就丧失了生命。鲁迅的价值如果用不许批评来维护，那就会变得没有价值。我们应该从批评中发掘出一个真正的鲁迅，有价值的鲁迅！”

由鲁迅可不可以超越的问题，又引发出柏杨对中国文明的一番议论。柏杨说，中国是一个充满圣人崇拜的国度，而“圣人”只许有一个，不许超越，不许冒犯，武侠小说里的人物，本领永远不如他的祖师爷。“这种不能超越前人的思想，害了我这个民族，所以我们这个社会里，很难出现‘吾爱吾师，吾尤爱真理’的人物。我认为下一代一定要比上一代好，否则社会就是个堕落的社会，民族就是个堕落的民族。”我告诉柏杨，鲁迅本人就是反对神化任何历史人物的，当年新月派人士把泰戈尔说成活神仙一样，鲁迅就很不以为然。鲁迅一贯把自己和他的作品看成进化链条上的中间物，他又把自己比作梯子、垫脚石，说明他认为后人可以超过前人，希望后人跨越前人。至于现在是否有其他作家在总体成就上可以跟鲁迅比肩，那当然是一个可以讨论的问题。我说这番话的时候，柏杨注意地听着，不时点点头。

谈完鲁迅，我又问及在前代思想家中有没有对他影响较大的人，柏杨说：“我觉得影响我的人挺多，比如郁达夫的颓废思想对我就有影响。不过我是一个广收博采型的人，就像吃饭一样，什么都吃，这是我的优点。缺点是我没有师承。没有师承，可以不受束缚，但困难之处是什么问题都要自己解决。有一次，我去旧金山参加一个讲习会，谈到我对儒家的看法。大会主席马上宣布退离主席的座位。我很吃惊。他解释说，按西方的规矩，主席如果跟讲演者的意见相反，必须先退出主持地位才能发言。接着就有几个女孩子陆续站出来反驳我的观点。后来我才知道，这些女孩子全都是这位主席的研究生。这是我生平第一次感到师承方面的压力。这次我去新加坡，他们送我一份简报，上面印有一个大标题：《一个柏杨成不了势》。这是因为东海大学前任校长说过，柏杨反儒家，理都不要理他，他一个人成不了势。所以我感到师承的压力。我认为师承这个东西可能造成学阀，造成思想禁锢。”

不知不觉，谈话持续了一个多小时，到吃午饭的时候了。柏杨夫妇请我们在家里吃火锅：在电磁炉上涮虾、鱼片、肉片以及粉丝、豆腐、青菜。席间充满了家庭似的亲切气氛。柏杨不是悭吝人，但他不讲究吃穿，平日吃份炸酱面就满足了；原来唯一的消耗是抽烟，有一天忽然烟也不想抽了。

吃完饭，我们又聊了近一个小时，我问：“如果以入狱前、狱中和出狱后为界限，将你的著作分为三个时期，这三个时期中你作品的内容和形式有什么变化？”柏杨说：“我想应该是没有什么变化，至少抗议性是一贯的。我有一位朋友说过，柏杨永远跟别人不一样。我也觉得或许和别人不一样。因为跟别人看法不同，所以总和人家抬杠。但从另一个角度看，人本来就应该有自己的想法。”我问：“你的作品中除开历史题材占有很重要的地位以外，妇女题材也很多。你是不是认为在当今社会中妇女问题占有一个很突出的地位？”柏杨回答：“人类社会过去以家族为单位，现在以家庭为单位。在这种情况下，妇女的地位当然很重要。当代妇女有两个特点：第一是大多受过教育；第二是相当多的妇女很能干，有的比男人还能干。所以男人需要了解现实状况，了解社会结构，如果不能面对现实，除了会给自己带来苦恼，还会给对方带来苦恼。”

告别之前，我还问了柏杨的读者们普遍关心的一个问题，就是他目前在做什么，今后计划做什么。他回答道：“从 1983 年现在，我一直在用白话文翻译《资治通鉴》，工作持续了八年，现在已经写到黄巢起义了。原计划写 30 册，后决定增加到 72 册，目前写了 61 册，还差 11 册，计划两年内完成。这样，编写白话文的《资治通鉴》，前后要花我十年时间。现实题材我不写，现实政治问题我也不过问，除开朋友聚会，其他活动我都不参加。目前除开吃饭、睡觉，就是写作，每天写 4000 至 6000 字。过去一个月出一本书，自己校对两遍。现在有两个助手，一个帮助处理杂务，一个协助翻译《资治通鉴》。”我追问：“你说你对现实问题不写也不问，那你改写《资治通鉴》是不是也有一定的现实意义呢？”柏杨说：“我想是有的。首先《资治通鉴》本是用文言文写的，在司马光的时代就已经没有几个人能看得下去了，我坐牢时读过这部书，真是看不懂，看不懂就等于死亡。我现在把这部书的文字变成白话文，又使它生龙活虎，重新注入生命，这就打破了思想界、史学界对这部书的贵族的垄断，读者从中可以破解很多东西。其次，我想借助这部《资治通鉴》，把中国传统文化的弊病一个一个揭示出来。我想这是为我们国家做了一件很大很大的事情。听说毛泽东就读了几遍《资治通鉴》。”我说：“是的，毛泽东说《资治通鉴》这部书写得好，叙事有法，可以从书中的历史事件中吸取经验教训。鲁迅也读过这部书，从中领悟到中国人乃是食人民族，于是写了《狂人日记》。鲁迅把读古书比喻为刨那些坏种的祖坟。”

临别时，柏杨和他的太太各自送了我一些书，一一签上了名。他太太又亲自驾车送我下山。他的太太早年毕业于台湾师大中文系，后来教过书，编过刊物，现在专门写诗，出过《不眠的青青草》《爱荷华诗抄》《千般是情》等诗集，都印得很精美。他太太告诉我大陆最近出了她的一部诗选，印数相当可观，诗集能有如此发行量，是一件很不容易的事情，可见大陆不仅拥有广大的商业市场，也有一个远远超出于台湾的文化市场。我问他太太，柏杨原名郭衣洞，他为什么会用树名作为自己的笔名？他太太说，大概是有一次郊游，他看到路边的柏杨，心情为之一振，后来就取这样一个笔名。

我第三次见到柏杨是在1月28日，我离开台湾的前夕，柏杨带了一位小姐在来来大饭店的翠园餐厅跟我相见，托我带一些贺年卡、圆珠笔之类的小礼物给他在大陆的友人。柏杨曾于1988年10月重返睽别达40年的祖国大陆，在祥和的气氛中会见了他的亲友。我打听这位小姐是谁。原来是他跟前妻生的女儿佳佳。柏杨当年在狱中经常跟佳佳通信。1974年10月4日，柏杨在《青年战士报》第七版看到一张照片：屏东县6岁女孩林月华患血管瘤，露出可怕的病腿在哭。他也忍不住哭了，立即要佳佳给这位小女孩以力所能及的帮助。信中说："这小女孩就是我心中的小女儿，我能看到她得救，死也瞑目。"1976年11月16日，柏杨在报上又看到竹东镇大同路710巷7号有一个12岁的小女孩徐佳银，右腿红肿得跟腰一样粗，家产已经用尽。他又写信给佳佳，要她速送徐小妹500元，作为捐款。“此钱固杯水车薪，但是表示人情温暖和对她的关心，盼能提高她的求生意志。”见到柏杨，又见到了佳佳，我不禁想起了鲁迅在《而已集·小杂感》中的两句话：

创作总根于爱。

杨朱无书。

他的裸足与大地亲吻

——托尔斯泰庄园行

2016 年 9 月 5 日，经过九个小时的漫长飞行，我们乘坐的俄航班机终于在莫斯科机场降落。在机场出站口迎候我们的是一位俄国的中年男子，长得相当英俊，着西服，不系领带——我见到的俄国男子大多如此打扮，即使在正式场合。他露出的是礼节性的微笑，因彼此言语不通，所以没有更多的话语。他把我们一行八人领上了一辆中巴，直奔托尔斯泰晚年生活的亚斯纳亚·波良纳庄园——这里属图拉州哓基诺市，距莫斯科市区有二百多公里。乘车时是早上，抵达时已是正午。

我们此行的目的，是根据鲁迅文化基金会跟托尔斯泰基金会的交流合作计划，参加一个国际学术研讨会，主题是如何翻译托尔斯泰与其他经典作家的作品，与会学者来自俄罗斯、美国、英国、法国、土耳其、意大利等国。参会的中国学者来自上海交通大学、浙江大学、陕西师范大学、北京鲁迅博物馆、上海鲁迅纪念馆，共七人；另配备了一位翻译，是上海外国语大学的博士生。

关于托尔斯泰庄园的记载最早见诸17世纪上半叶的相关资料。当时这里有一家织造厂，以生产毛巾和桌布著名。这邸宅原是托尔斯泰母家弗拉广斯基王爵的遗产。托翁1901年到此定居，直至1910年去世。在这里，他经历了深刻的精神危机和世界观的转变，创作了《论俄国的社会运动》《致农民的论土地的信》等一批重要论文，并决心捐出家产，以完善道德。因此，这座庄园成了俄罗斯的文化圣地，一个多世纪以来，吸引了五大洲不同肤色的人们络绎不绝前来“朝圣”。

经过长时间的飞行，又经过半天的汽车颠簸，我们一行人似乎并无疲惫之感。中午匆匆吃完快餐，大家便急不可待地想去领略一下周边的自然风光。我们下榻的地方是托尔斯泰基金会管理的一处两层小洋楼，这里离托尔斯泰庄园还有两公里左右，既无公交车，也无出租车，大家便向庄园的方向进发。沿途是蜿蜒的公路，但极少车辆经过。我们走在公路边的小路上，脚下是碎石和黏黏的黑土，两旁生长着野生的苜蓿，宽叶的牛蒡，随处可见的荨麻，还有一望无际的田野和森林——密密匝匝的白桦林和苹果树。苹果挂满枝头，一律青色，品相不好，但吃起来却柔软酸甜。苹果都是自然生长，可随意摘采，坠落的都入泥土化为肥料。1920 年秋，瞿秋白以北京《晨报》和上海《时事新报》记者的身份赴“赤都”莫斯科采访，曾专程来到这里参观。他留下的文字是：“秋云微薄，桦林萧瑟的天气，自清田站步行，向托氏邸宅行来。小桥转侧，树影俯窥溪流，水云映漾，轻步衰草上，如天然的氍毹，心神散畅……转向北，直望大道，两旁矗立秋林，红叶斑斓，微风偶然奏几阕仙乐……”（《饿乡记程·青田村游记》）我当时并无这种美妙的感受，可能是诗人把自然景观过度诗化了吧？唯一感到奇妙的是，天上云彩飘忽，时而下雨，时而放晴，约 20 分钟一轮回。这种经历，倒是我此生中极罕见的。

9 月 6 日至 7 日基本开会，8 日安排了参观活动。会上发言十分踊跃：有人谈托尔斯泰作品如何译为法文、阿拉伯文；有人谈民族心理语境下的文学翻译；有人谈托尔斯泰对土耳其文学和欧洲文学的影响；有人谈托尔斯泰作品的总体风格；有人谈托尔斯泰以战争为题材的作品；有人谈《安娜·卡列尼娜》的小说结构……中国学者还专门将托尔斯泰跟鲁迅进行了比较，介绍鲁迅收藏了托尔斯泰的十多种著作，文章中谈到托尔斯泰的地方近百处。鲁迅友人刘半农还用“托尼思想，魏晋文章”概括鲁迅的思想和风格。

可能是因为我年长，被安排在第一组发言。我说，在我的心目中，托尔斯泰代表了人类的智慧和良知。他是伟人，又是一位天真可爱的老头儿。此语一出，会场上发出了一阵会心的笑声。我的意思是：托尔斯泰是真正的人道主义者，但他提出的一些设想却无法达到其追求的目标。鲁迅举过一个例子：托尔斯泰反对战争，主张用无抵抗主义来消灭战争。他以为，只要士兵不替皇帝打仗，警察不替皇帝执法，审判官不替皇帝裁判，大家都不去捧皇帝，这个仗就打不成了。然而，鲁迅一语道破了这种办法的空想性：“如果一部分人偏听皇帝的话，那就不行。”（《集外集拾遗补编·关于知识阶级》）

关于翻译，我也谈了一点粗浅的感受。我说，文化交流要靠翻译搭桥，但这是一种十分艰辛的工作，尤其是文学作品的翻译，其难度常常不可思议。因为基本含义相同的语词，在不同场合、不同地域往往有不同的表达方式。比如“谈话”这个词，在中国就有聊天、扯淡、侃大山、摆龙门阵等不同说法，译成外文，很难体现其地方特色和独特韵味。特别是汉字往往具有多义性，既有字面意思，又有深层内涵，给外国翻译家带来了很多困难。像鲁迅杂文集中有一本最为锋利，书名叫做《二心集》，译成俄文时，或被译为《两颗心》，或被译为《两面人》，这就似是而非，违背了作者的本意。因为1930年5月7日《民国日报》上刊登了一篇《文坛贰臣传——鲁迅》，攻击“鲁迅被共产党屈服”，对执政的国民政府怀有二心，鲁迅便以“二心”作为书名，公开表示对现行体制的叛逆，明确宣布他“以为惟新兴的无产者才有将来”。所以，把这个书名译为《叛逆者》，是比较符合作者原意的。将鲁迅的《三闲集》译为《三个游手好闲的人》也是误译，因为当年创造社理论家成仿吾说鲁迅“在小天地中自己骗自己的自足，他所矜持着的是闲暇、闲暇、第三个闲暇”（《完成我们的文学革命》，《洪水》1927年第3卷第25期）。“闲暇”一词重复三次，意在讽刺鲁迅归属于没落的封建阶级，鲁迅借三个“闲暇”反击成仿吾，指出成仿吾并没有资格代表“无产阶级”，因为“无产阶级是不会有这样锻炼周纳法的，他们没有学过‘刀笔’”。再比如俄国名诗人安娜·阿赫马托娃把鲁迅引用的《离骚》名句“吾将上下而求索”译为“我向上飞又向下降——朝向自己的命运”也不确切。因为鲁迅不是宿命论者，他援引这句诗是为了表达他在不倦追求真理的道路上的执着精神。我不是翻译家，所表达的只不过是一个普通读者的感受。

会议期间参观了托尔斯泰故居，内有藏书室、书房、卧室、餐厅、过厅。书房中摆着一张有围栏的大书桌，文具很简陋，书架上有一部老子的《道德经》，汉英对照，美国芝加哥出版。我似乎看到这位白须老翁在昏暗的烛光下潜心写作，往往为一字一句而反复推敲。我似乎听到这位老人在嘟囔：“我不明白怎么能没有多次修改就写作。我几乎从未重读自己已经刊印的作品，因为一旦重新读到某一页，我就会觉得必须修改——这才是我要说的话……”我还似乎听到他在感慨：“如果还年轻，我一定要去中国。”因为他熟悉中国的经典，其中受老子的影响最为巨大。

我有腰椎间盘突出的宿疾，参观完故居已觉双腿铸铅般发沉，但仍然坚持去托尔斯泰的墓地凭吊。墓地在一片密林深处。离墓地数百米处已有禁止喧哗的牌示。我从没有见过如此静谧的地方，也从没见过如此简陋的名人坟茔：既没有雕像，也没有墓碑，一代文化宗师就长眠在一个棺木形的土堆里。土堆上覆盖的是青草，周边是凭吊者插上的松枝和白花。这时我想起了一幅托尔斯泰的油画肖像，画面上的托翁长髯飘飘，白衣，黑裤，双手插进皮带里，一双裸足与大地亲吻。他口袋里有一本书，我不知道是不是《圣经》。他似乎在告诫那些热衷于侵略扩张的人："你忏悔吧！"

我还想起了托尔斯泰《人生论》中的一段话："人死了，但他对世界的态度继续影响着人们，甚至不是与他活着的时候一样，而是比他活着的时候强烈许多倍。这种影响随着理性和爱的增多而加倍，就像任何有生命的东西一样，它永远不会死亡，也不会中断。"